出会《であ》いは運命的《うんめいてき》!!

「今日《きょう》からみなさんの
担任《たんにん》になります、
弘光《ひろみつ》……」

「この前《まえ》のお兄《にい》さん!?」

はなく弘光由貴《ひろみつよしたか》です」

お会計《かいけい》にこまっていたとき、
助《たす》けてくれた人《ひと》……!

恋《こい》におちる、あゆは。
でも、センセイはつれなくて——。

思《おも》わず大胆発言《だいたんはつげん》してしまう!?

「ぜったいセンセイをおとしてみせますから——」
「いいよ、俺《おれ》をおとしてみなよ」

どうなる、この恋《こい》!?

センセイ君主

映画ノベライズ みらい文庫版

幸田もも子・原作
平林佐和子・著
吉田恵里香・脚本

集英社みらい文庫

目次《もくじ》

人物紹介《じんぶつしょうかい》

佐丸《さまる》あゆは
ちょっぴりおバカで、なにごとにも全力投球《ぜんりょくとうきゅう》。

好《す》き!

幼《おさな》なじみ

澤田虎竹《さわだこたけ》
あゆはを好《す》きだけど、告白《こくはく》できずにいる。

親友《しんゆう》

中村 葵《なかむらあおい》
通称《つうしょう》"アオちん"。超《ちょう》ド級《きゅう》のオタク。

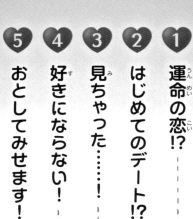

弘光《ひろみつ》由貴《よしたか》

イケメン数学教師《すうがくきょうし》。
冷静沈着《れいせいちんちゃく》な性格《せいかく》。

?

幼《おさな》なじみ

秋香《しゅうか》

美人《びじん》の有名《ゆうめい》ピアニスト。
臨時《りんじ》の音楽教師《おんがくきょうし》。

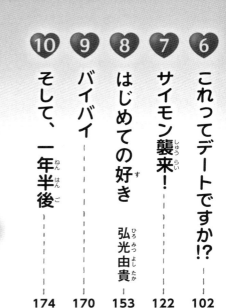

1 運命《うんめい》の恋《こい》!?

夕焼《ゆうや》けでオレンジ色《いろ》に染《そ》まった駅《えき》のホーム。

電車《でんしゃ》は行《い》ったばかりで、ホームにいるのはあたしと――。

「蓮《れん》くん！」

ちょっとだけ緊張《きんちょう》したあたしの声《こえ》に、ひとりで歩《ある》いていた彼《かれ》――蓮《れん》くんがふりかえる。

おどろいた顔《かお》であたしを見《み》つめる蓮《れん》くん。

そりゃおどろくよね。ここ、あたしの降車駅《こうしゃえき》じゃないし。

でも、あたしは蓮《れん》くんをおいかけて降《お》りたんだ。

だいじなことを伝《つた》えたくて。

「あたし……蓮《れん》くんのことが」

「ごめん！」

ん？　あやまられた？　なんで？

いやいや、そんなことはどうでもいいのよっ。いまはだいじな告白《こくはく》タイム！

あたしは気《き》を取《と》りなおして、なんどもなんども鏡《かがみ》の前《まえ》で練習《れんしゅう》してきた言葉《ことば》を口《くち》にする。

「蓮《れん》くんのことが好《す》……」

「ごめんなさい」

「好《す》きで……」

「ごめんなさい、無理《むり》です！」

きわめつけにバシッと90度《ど》で頭《あたま》をさげると、蓮《れん》くんは気《き》まずそうにかけさった。

駅《えき》のホームにぼっちで残《のこ》されたのはあたし——佐丸《さまる》あゆは、16歳《さい》。

（告白《こくはく》さえもさせてもらえなかった……）

胸《むね》が痛《いた》い。

もっと言《い》えば、ゴーッと通過《つうか》する電車《でんしゃ》の風《かぜ》にあおられた髪《かみ》が顔《かお》にあたって地味《じみ》に痛《いた》い。


なんなんだよ、これー!!

蓮《れん》くんと別《わか》れてから（正確《せいかく》には『置《お》きざりにされて』だけど）、あたしはまっすぐに近《ちか》くの牛丼屋《ぎゅうどんや》にはいった。

店内《てんない》はサラリーマンやガタイのいい兄《あん》ちゃんばっかりで、女子高生《じょしこうせい》のあたしはチョイうき気味《ぎみ》だったけど、そんなのどうでもいい。

もうホントどうでもいいんだよっ。

だって、だって……！

「うぉ～～ん、今回《こんかい》はぜったいうまくいくって思《おも》ってたのに～～」

ずびずびと泣《な》きながら牛丼《ぎゅうどん》をほおばるあたしに、スマホから冷静《れいせい》な声《こえ》がツッコんだ。

「まずは食《く》うか泣《な》くか、どっちかにしろ」

「少《すこ》しはねぎらってよぉ～アオち～ん！」

食《た》べおえて、かさねておいた丼《どんぶり》に立《た》てかけたスマホは、友《とも》だちのアオちんこと中村葵嬢《なかむらあおいじょう》とLINE《ライン》通話《つうわ》でつながっている。

こんな日《ひ》はさ、アオちんと朝《あさ》まで語《かた》りあかしたいけど、現在《げんざい》アオちんは趣味《しゅみ》の原稿《げんこう》（同《どう》人誌《じんし》を作《つく》ってるらしい）で手《て》がはなせないから、サウンドオンリーが限界《げんかい》なんだって。

「てか失恋記録更新《しつれんきろくこうしん》じゃね？　今日《きょう》で8連敗《れんぱい》？」

「まだ7だから！」

間髪《かんはつ》いれずに訂正《ていせい》すると、アオちんは「ああ、そうだっけ」と興味《きょうみ》なさそうな返事《へんじ》をしてきた。

くぅ、どうせ他人事《ひとごと》だと思《おも》って。

「今回《こんかい》はいけると思《おも》ったのに～」

空《あ》いた丼《どんぶり》をもうひとつかさねて、あたしはため息《いき》をついた。

高校生《こうこうせい》になれば自然《しぜん》と彼氏《かれし》ができると思《おも》ってた。

だけど、それはどうやら都市伝説《としでんせつ》らしく、いつまで待《ま》ってもあたしは独《ひと》り身《み》。

「もしかしてこれって自分《じぶん》からいかないといけない系《けい》？」と気《き》づいたのが高校《こうこう》1年生《ねんせい》の夏《なつ》。

それから一念発起《いちねんほっき》して、めっちゃ恋《こい》のかけ引《ひ》きを勉強《べんきょう》しまくった。

とくにお世話《せわ》になったのが『チャーリーパピコの愛《あい》の導《みちび》き』って本《ほん》。

チャーリーパピコによれば『メールの返信《へんしん》をいきなりやめてみるのもかけ引《ひ》きのひとつ』らしく、「そんなおっかないこと……」って思《おも》いながらも試《ため》してみた。

さらにチャーリーパピコによれば、『好《す》きな人《ひと》のことは、ほんの些細《ささい》なことも見《み》おとさないように記録《きろく》すべし』っていうんで、〝LOVE《ラブ》ノート〟を作《つく》って、相手《あいて》のことはなんでもメモるようにした。

蓮《れん》くんはサッカー好《ず》きだって聞《き》いたから、スポーツニュースをチェックしてはノートに書《か》きこんで、会話《かいわ》のきっかけにもしたよ。

正直《しょうじき》、ぜんぜん興味《きょうみ》ないスポーツニュースのチェックとか苦痛《くつう》だったけど、「こんなに話《はなし》のあう女子《じょし》ははじめてだ」ってLINE《ライン》でメッセージが来《き》たときはうれしかったなぁ！

そんなの来《き》たら、蓮《れん》くんの彼女《かのじょ》になれるって確信《かくしん》しちゃうでしょ？

だからチャーリーパピコの『告白《こくはく》するシチュエーションも大事《だいじ》』という教《おし》えにしたがって、１ケ月《かげつ》も前《まえ》から天気予報《てんきよほう》を入念《にゅうねん》にチェックして、夕日《ゆうひ》のきれいな日《ひ》をえらんで、今日《きょう》という告白日《こくはくび》を選《えら》んだのに。

な・の・に！

「『佐丸《さまる》のことはそういうふうに見《み》れない』って！　蓮《れん》くんにはあたしがなにに見《み》えてるのかな、怪獣《かいじゅう》？　虫《むし》？」

「死神《しにがみ》じゃね？」

「へ？」

アオちんの返事《へんじ》にあたしの思考《しこう》が止《と》まる。死神《しにがみ》？

「あんたのノート、なんて呼《よ》ばれてっか、知《し》ってる？　名前《なまえ》を書《か》かれた人《ひと》はかならず告《こく》られるデスノート」

「リューク!?　あたし、『DEATH NOTE《デスノート》』のリュークみたく思《おも》われてんの？　あんな唇真《くちびるま》っ黒《くろ》オバケ……え？　モテなさそうなんだけど？」

「牛丼何杯《ぎゅうどんなんばい》も食《く》ってる時点《じてん》でモテ要素《ようそ》ゼロだわ」

「せめて胃袋《いぶくろ》くらい満《み》たされたいんだよぉぉ！」

テーブルにつっぷすあたしに、アオちんは「さっさと帰《かえ》って寝《ね》て忘《わす》れろ！」と言《い》った。

それが正《ただ》しいのはわかる。

でもさ……。7回《かい》もフラれると正直《しょうじき》キツイ。

「……このまま一生《いっしょう》彼氏《かれし》できないで死《し》ぬのかな」

「アホか、男《おとこ》なんて星《ほし》の数《かず》ほどいんだぞ？」

アオちんの言葉《ことば》はあいかわらずつめたかったけど、少《すこ》しだけ心配《しんぱい》した色《いろ》がまじってた。

ねぎらってはほしいけど、甘《あま》えすぎたくはない。

あたしは通話《つうわ》を切《き》り、レジにむかった。

（今日《きょう》は早《はや》く寝《ね》よう。そんで忘《わす》れて……）

「4080円《えん》で～す」

「よんっ⁉」

店員《てんいん》さんの声《こえ》にあたしは裏《うら》がえった声《こえ》を出《だ》し、あわてて財布《さいふ》をひらく。

財布《さいふ》のなかにはアルミ色《いろ》と銅色《どういろ》の小銭《こぜに》がちょろっとあるだけ。百円玉《ひゃくえんだま》すらない。

（しまった～～！　お金《かね》ないこと忘《わす》れてた！　どうしよ⁉）

近《ちか》くのATM《エーティーエム》でおろしてこないと！　あれ、でも近《ちか》くにATM《エーティーエム》あったっけ？

パニックになるあたしの耳《みみ》に「チッ」という舌打《したう》ちがいくつも聞《き》こえた。

そろ〜っとふりむくと……ひぃぃ！
いつの間《ま》にかあたしのうしろにレジ待《ま》ちの行列《ぎょうれつ》ができてんだけど！
お客《きゃく》さんたち（しかもゴツい系《けい》！）の『早《はや》くしろ』のプレッシャーが痛《いた》い〜！
（どうしよぉぉぉぉぉぉ!?）
財布《さいふ》をひらいたまま、テンパりすぎて泣《な》きそうになったとき、
「会計《かいけい》、この子《こ》といっしょで」
ハスキーで澄《す》んだ声《こえ》が上《うえ》からふってきた。そして店員《てんいん》さんにわたされる五千円札《ごせんえんさつ》。
「え……？」
見《み》あげると、あたしのうしろには背《せ》が高《たか》くて若《わか》いお兄《にい》さんが立《た》っていた。
五千円札《ごせんえんさつ》もお兄《にい》さんが差《さ》しだしている。
（か、かっこいい……）
顔《かお》がしゅっとしててモデルさんみたいにすらりと背《せ》が高《たか》い。
お金《かね》を持《も》つ指《ゆび》も長《なが》くて筋《すじ》ばっててきれい。
メガネの奥《おく》の目《め》がすごく涼《すず》しげで、クールな表情《ひょうじょう》がドキドキする。

……って、見《み》とれてる場合《ばあい》じゃないよ！

「あ、や、ダメです。あたし自分《じぶん》で……」

あわてて断《ことわ》ろうとしたけれど、お兄《にい》さんはクールな表情《ひょうじょう》のまま、

「会計《かいけい》、ならんでるんで」

と視線《しせん》だけうしろの列《れつ》にむけた。

た、たしかにうしろの方々《かたがた》、イラついてらっしゃる……。

ガタイのいい兄《あん》ちゃんたちのイライラをあびてまで、ふんばる勇気《ゆうき》はない。

あたしは店員《てんいん》さんに「おねがいします……」と頭《あたま》をさげ、お兄《にい》さんにも頭《あたま》をさげた。

「お金《かね》をかえしたいので連絡先《れんらくさき》を……」

「いいから」

そう言《い》うと、お兄《にい》さんはさっさと店《みせ》を出《で》てしまう。

あたしもあわてて後《あと》をおって店《みせ》を出《で》たけど、イケメンのお兄《にい》さんは足《あし》も長《なが》いから、すでにけっこう遠《とお》くを歩《ある》いてた。

「ありがとっ、お兄《にい》さん！」

大声《おおごえ》でお礼《れい》を言《い》って、もう一度頭《いちどあたま》をさげた。

顔《かお》をあげるとお兄《にい》さんの姿《すがた》はもう見《み》えなかった。

「行動《こうどう》イケメンすぎんだろ」

スマホのむこうでアオちんがおどろいた声《こえ》で言《い》う。すぐにLINE《ライン》通話《つうわ》して、いま起《お》きたことを話《はな》して、最初《さいしょ》の感想《かんそう》がそれ。うん、まったく同意《どうい》だよ！

「行動《こうどう》だけじゃないから、顔《かお》も体《からだ》も極上《ごくじょう》だから」

「クソォ！　さまるんがメンズなら最高《さいこう》にアガる展開《てんかい》なのに！」

「アオちん、BL《ビーエル》脳《のう》すぎ……」

ちなみにさまるんってのは、あたしのこと。佐丸《さまる》だから、さまるん。

ついでに言《い》うと、BL《ビーエル》ってのはボーイズラブのことで、ボーイたちがラブってる関係《かんけい》のことでアオちんのツボ。

「まぁけど、これで証明《しょうめい》されたな」

スマホのむこうでアオちんがにこやかに言《い》う。

証明《しょうめい》されたって、なにが？　意味《いみ》がわからなくてだまっていると、

「男《おとこ》は星《ほし》の数《かず》ほどいるっ！　次《つぎ》の恋《こい》だ、次《つぎ》、次《つぎ》！」

アオちんの力強《ちからづよ》い言葉《ことば》にみちびかれるように空《そら》を見《み》あげた。

暦《こよみ》では三月《がつ》だけど、すでに春《はる》の陽気《ようき》を感《かん》じさせる空《そら》は澄《す》んでいて、目《め》をこらすといくつもの光《ひかり》が見《み》える。

見《み》ているうちに光《ひかり》は無数《むすう》に増《ふ》えていく。

きらきらとかがやく様子《ようす》はまるで応援《おうえん》してくれているみたい。

「……だよね！」

気《き》づくと、あたしは元気《げんき》よく答《こた》えていた。

そうそう、終《お》わった恋《こい》にしがみついてもしかたない。

グッバイ・オールドラブ！　ウェルカム・ニューラブ!!


新学期《しんがっき》。２年生《ねんせい》になって教室《きょうしつ》もかわり、下駄箱《げたばこ》から教室《きょうしつ》への通路《つうろ》もかわった。

でもラッキーなことにアオちんとはまた同《おな》じクラス。

よかったねー、とアオちんと話《はな》しながら教室《きょうしつ》へむかっていると、蓮《れん》くんとすれちがった。

「おっはよ！」

前《まえ》と同《おな》じようにあいさつをすると、蓮《れん》くんはびくっと肩《かた》をゆらして小《ちい》さく「おはよ」とかえしてくれた。

そんな様子《ようす》にアオちんがニヤリと笑《わら》う。

「完全《かんぜん》にふっきれたんだ？」

「だっていつまでも下《した》むいてたら、運命《うんめい》の人《ひと》と出会《であ》っても気《き》づけないでしょ？」

そうだよ、いつまでも過去《かこ》にしがみついてるヒマはないのだ。

教室《きょうしつ》の席《せき》につくと、あたしはカバンからノートを取《と》りだした。

あたらしいLOVE《ラブ》ノート。

ノートの表紙《ひょうし》には『運命《うんめい》の恋人《こいびと》』って書《か》いてあるだけで、まだ恋人《こいびと》の名前《なまえ》は空欄《くうらん》のまま。

あたしはぐるりと教室《きょうしつ》を見《み》まわす。

「次《つぎ》はだれに恋《こい》のモンスターボール投《な》げよっかな！」

「投《な》げるな、バカ」

という声《こえ》とともに、あたしの頭《あたま》にドンッとなにかが乗《の》っかった。

ん、なんだなんだ？　重《おも》くはないけどそこそこ大《おお》きいこれは……。

手《て》をのばして頭上《ずじょう》のものを確認《かくにん》する。四角《しかく》い箱《はこ》……？　この大《おお》きさはもしやお弁当箱《べんとうばこ》？

「おばさん、なげいてたぞ。高《こう》2にもなって弁当《べんとう》忘《わす》れるとか」

そう言《い》ってお弁当箱《べんとうばこ》をあたしの頭《あたま》からテーブルに置《お》いてくれたのは澤田虎竹《さわだこたけ》。

あたしのご近所《きんじょ》さんで幼《おさな》なじみ。

そんなに背《せ》は高《たか》くないけど、バスケが得意《とくい》で意外《いがい》とたよれるいい奴《やつ》。

「持《も》ってきてくれたんだね。サンキュー、虎竹《こたけ》！」

「つうか食《く》いすぎだろ、それ。運動部《うんどうぶ》なみだぞ」

虎竹《こたけ》が重箱《じゅうばこ》サイズの弁当箱《べんとうばこ》を指《ゆび》さしてあきれ顔《がお》で言《い》った。

前言撤回《ぜんげんてっかい》。『いい奴《やつ》』じゃなくて『うるさいぃ奴《やつ》』でした。

「うっさいなー。腹《はら》がへってはラブハントはできぬ！」

「そういうこと言《い》ってるから、男《おとこ》にヒかれんだよ」

「むぅ、虎竹《こたけ》だっていま彼女《かのじょ》いないくせに！」

「おまえなんか、年齢《ねんれい》＝《イコール》彼氏《かれし》いない歴《れき》だろ」

うう、痛《いた》いところをついてきた。

「アオち〜ん、虎竹《こたけ》がいじめる〜」

泣《な》きながらアオちんに抱《だ》きつくと、アオちんがギロッと虎竹《こたけ》をにらんで一喝《いっかつ》した。

「てめぇ総受《そうう》けでヨカらぬ妄想《もうそう》してやろうか⁉」

「んだよ、そのおどしは！　てか、こんなくさってる奴《やつ》にも彼氏《かれし》いんのに、どうしておまえは……」

「やめて、あわれまれるのが一番《いちばん》つらいから！」

「ほら、もうチャイム鳴《な》ってますよ」

え……？

聞《き》きなれない声《こえ》にあたしはアオちんの胸《むね》から顔《かお》をあげた。

教壇《きょうだん》にはまったく見《み》たことのない先生《せんせい》が立《た》ってて、黒板《こくばん》に名前《なまえ》を書《か》いている。

もしかして新《あたら》しい担任《たんにん》の先生《せんせい》？　ずいぶんと背《せ》が高《たか》いけど……。

先生《せんせい》が名前《なまえ》を書《か》きおえて、ふりかえった。

「今日《きょう》からみなさんの担任《たんにん》になります弘光《ひろみつ》……」


「この前《まえ》のお兄《にい》さん⁉」


「ではなく弘光由貴《ひろみつよしたか》です」

思《おも》わず指《ゆび》さしてさけんでしまったあたしに、先生《せんせい》はクールな表情《ひょうじょう》をくずすことなく言《い》った。

このクールさ、まちがいない、牛丼屋《ぎゅうどんや》でお会計《かいけい》してくれたお兄《にい》さんだ！

「担当教科《たんとうきょうか》は数学《すうがく》です。あと、指《ゆび》さすのはやめましょう」

「あ、ごめんなさい……」

あたしがすごすごと席《せき》にすわると、先生《せんせい》は何事《なにごと》もなかったようにファイルをひらき、

「では、出席《しゅっせき》をとります」と、ごく普通《ふつう》につづけはじめた。

(なにこの奇跡的再会《きせきてきさいかい》⁉　え、これって、まさか⁉)

あたしは机《つくえ》の上《うえ》に置《お》いたままのおニューのＬＯＶＥ《ラブ》ノートをひらいた。

ノートの最初《さいしょ》のページには『運命《うんめい》の人《ひと》↓』と書《か》いてあるだけで、下《した》には空欄《くうらん》が広《ひろ》がっている。

この奇跡《きせき》はきっとこの空欄《くうらん》をうめるための出会《であ》いにまちがいないっ！

キュキュ。マジックでノートに奇跡《きせき》の名《な》を書《か》きこんだ。


（運命《うんめい》の人《ひと》は……弘光《ひろみつ》センセイッ！）

♥

新学期《しんがっき》、最初《さいしょ》の授業《じゅぎょう》はなんと弘光《ひろみつ》センセイの数学《すうがく》だった！

すごいっ、ますます運命《うんめい》を感《かん》じちゃうよっ。

でも授業中《じゅぎょうちゅう》なのに、教室《きょうしつ》はものすごくザワついていた。

春休《はるやす》みあけだってのもあるけど、女子《じょし》は弘光《ひろみつ》センセイの話題《わだい》でもちきり。

「かっこよすぎじゃね？」

「普通《ふつう》にありなんだけどぉ〜、今年《ことし》のクラスあたりだわぁ」

聞《き》こえてくる話《はな》し声《ごえ》にあたしも思《おも》わず、うんうんとうなずきたくなる。

その気持《きも》ち、わかる！　わかるよぉ〜。

けどさ、はじめての授業《じゅぎょう》でうるさくしたら、センセイだってやりにくいよね。

よーし、ここはセンセイの味方《みかた》をして、あたしの印象《いんしょう》よくしちゃおっ。

「もうみんな静《しず》かにしてよ！」

あたしはバンッと机《つくえ》をたたいて立《た》ちあがった。うん、優等生《ゆうとうせい》っぽい！

となりの席《せき》のアオちんが「はい、点数稼《てんすうかせ》ぎキター」とニヤニヤしてるけど、気《き》にしない。

「ほらセンセイも困《こま》って……」

「べつに困《こま》ってませんよ」

「へ？」

予想外《よそうがい》な言葉《ことば》に、あたしはセンセイを見《み》つめる。

いま「困《こま》ってない」って言《い》ったの、センセイ？

「こちらは教師《きょうし》として最低限《さいていげん》の役目《やくめ》をはたすだけなので。勉強《べんきょう》したくない人《ひと》はしなくてもかまいません」

この人《ひと》、クールな顔《かお》してなに言《い》っちゃってるの？

勉強《べんきょう》が大事《だいじ》って、あたしだって知《し》ってるのに。

「いやいやダメですよ、普通《ふつう》に勉強《べんきょう》って大事《だいじ》じゃないですかぁ！」

なんとなくあやしげな雰囲気《ふんいき》を感《かん》じて、思《おも》わず取《と》りつくろうように笑顔《えがお》で言《い》った。

すると、センセイは涼《すず》しげな顔《かお》でさらに予想外《よそうがい》な質問《しつもん》をしてきた。

「逆《ぎゃく》にお聞《き》きしますが、あなたはなぜ勉強《べんきょう》が大事《だいじ》だと思《おも》うんですか？」

「え、それは……」

すぐに正解《せいかい》が思《おも》いつかなくて（そもそも正解《せいかい》ってあるの？）、言葉《ことば》につまってたら、センセイはすうとつめたく目《め》を細《ほそ》めて、言《い》った。

「答《こた》えられないんですか。そんな状態《じょうたい》で勉強《べんきょう》している人間《にんげん》が、なにを学《まな》んだところでなんの役《やく》にも立《た》たないと思《おも》いますよ。お互《たが》いに多《おお》くのことは求《もと》めずにいきましょう、以上《いじょう》」

ストン、とあたしは席《せき》にすわるしかなかった。
その間《あいだ》にもセンセイはさっさと黒板《こくばん》のほうをむいて、数式《すうしき》を書《か》きはじめている。
なんなの、この人《ひと》……。

この人《ひと》、本当《ほんとう》にセンセイ!?

2 はじめてのデート!?

放課後《ほうかご》、あたしはすっごく気《き》まずい思《おも》いをしながら、数学準備室《すうがくじゅんびしつ》の扉《とびら》をノックした。

借《か》りたお金《かね》をかえさなくちゃ、と思《おも》って。

でも『なにを学《まな》んだところでなんの役《やく》にも立《た》たない』って言《い》われたあとに、会《あ》いにいくって、ものっそい気《き》が重《おも》い……。

なので、アオちんに頼《たの》んでついてきてもらったら、なぜか虎竹《こたけ》もついてきて、三人《にん》で数《すう》学準備室《がくじゅんびしつ》に来《き》ている。

数学準備室《すうがくじゅんびしつ》はセンセイひとりで使《つか》ってるみたいで、ほかに先生《せんせい》はいない。

「べつにいいですよ、これくらい」

センセイはあたしの差《さ》しだした五千円札《ごせんえんさつ》を見《み》ると、あっさりと拒否《きょひ》った。

「え、でも……」

そう言《い》われても引《ひ》っこめられないよぉ。

どうしよう……と困《こま》っていると、いきなりアオちんがあたしをセンセイのほうへ押《お》しだした。

「つぅか先生《せんせい》、さまるんの人生相談《じんせいそうだん》聞《き》いてやってくださいよ～」

「ちょっと、アオちん！」

あたしはあわててアオちんの口《くち》をふさごうとしたけど、アオちんはすばやくよけてつづける。

「さまるん、こんなかわいいのに彼氏《かれし》ができなくてぇ、『SLAM DUNK《スラムダンク》』の桜木花《さくらぎはな》道《みち》ばりに失恋記録更新中《しつれんきろくこうしんちゅう》なんですよ」

（そんなかわいいだなんて～！　センセイの前《まえ》で～）

テレテレとゆるむほほをおさえていたら、虎竹《こたけ》が「おまえもバスケに生《い》きれば」とか言《い》うので、「だまれ」とにらんでやった。

「どうすればいいと思《おも》いますぅ？」

アオちんの質問《しつもん》に、センセイは小《ちい》さく息《いき》をはくと、

「佐丸《さまる》さんは……」

「さまるんで」

小《ちい》さく眉間《みけん》にしわをよせるセンセイに、アオちんはにっこり笑《わら》って、あたしを紹介《しょうかい》するように両肩《りょうかた》をぽんとたたいた。

「さまるん、い、い、ね」

「佐丸《さまる》さんは」

「さ・ま・る・ん」

ゆずらないアオちんに、センセイはもう一度《いちど》小《ちい》さく息《いき》をつく。

「……さまるんは、なんで恋人《こいびと》がほしいの？」

マジで呼《よ》んでくれた！

なんか、ちょっとうれし恥《は》ずかしなんですけど！

って、ひたってる場合《ばあい》じゃない。センセイが「早《はや》く答《こた》えなさい」って顔《かお》でこっちを見《み》てる。えーっと、恋人《こいびと》がほしい理由《りゆう》……。

「そりゃ……イチャイチャしたいからですよ」

「そんな理由《りゆう》かよ」

虎竹《こたけ》があきれたように言《い》った。むぅ、なによ！

「ほかにもいろいろあるから！　……愛《あい》、自由《じゆう》、希望《きぼう》、夢《ゆめ》」

「ミスチルか！」

虎竹《こたけ》が間髪《かんはつ》いれずにツッコんでくるけど、急《きゅう》になんて思《おも》いつかないし。あ、ミスチルっていうのはミュージシャンで、そういう歌詞《かし》の歌《うた》があるの。

そもそも恋人《こいびと》がほしいのに、深《ふか》い理由《りゆう》っているの？

そうこうしてたらセンセイが紙《かみ》になにかを書《か》いて、差《さ》しだしてきた。

「これを背中《せなか》にはって歩《ある》いてみれば」

え、解決策《かいけつさく》がこの紙《かみ》に!?

期待《きたい》して受《う》けとった紙《かみ》には、大《おお》きな文字《もじ》で、

『イチャイチャしてくれる人《ひと》、募集《ぼしゅう》』

って、なにこれ――!?

「バカにしてます?」

アオちんが苦笑《くしょう》しながらセンセイに聞《き》くと、

「うん、してる」

即答《そくとう》かよ!

「もういいです! センセイなんかに相談《そうだん》のってもらわなくてもすぐ次《つぎ》の恋《こい》を見《み》つけてみせます!」

わたされた紙《かみ》をぐしゃっとまるめ、センセイに投《な》げつける。

でも、センセイはひょいとよけてしまった。

くぅぅ、ますますムカツク!

「何回《なんかい》もフラれてるのに、よくこりませんね」

「好《す》きなのに動《うご》かなかったら、ぜったい後悔《こうかい》する! 傷《きず》つくより、そっちのが嫌《いや》です!」

あたしは五千円札《ごせんえんさつ》をテーブルにたたきつけるように置《お》くと、数学準備室《すうがくじゅんびしつ》を大股《おおまた》で出《で》た。

そのまま廊下《ろうか》をずんずん歩《ある》いていると、あとから来《き》たアオちんと虎竹《こたけ》があたしにならんだ。

「最《さい》っ悪《あく》！　あれなら虎竹《こたけ》のが１００００倍《ばい》マシ！」

と、言《い》うとアオちんが「いやいや」と手《て》を顔《かお》の前《まえ》でふった。

「０が１００００倍《ばい》になったとて……」

「おまえら〜！」

虎竹《こたけ》がしぶい顔《かお》をするけど、そんなのぜんぜん気《き》にならないくらい腹《はら》が立《た》つ！

このままどっかよってヤケ食《ぐ》いだ！

あ、お金《かね》かえしたからないんだった……。

もぉ、どれもこれもセンセイのせいだよっ。

どんどんスピードをあげて歩《ある》くあたしにアオちんがニッと笑《わら》った。

「大丈夫《だいじょうぶ》！　うちには見《み》えるぜ？　モテモテスクールライフを送《おく》る、さまるんの未来《みらい》が！」

「やめて、ぜったいできないフラグ立《た》てるの〜！」

さけんだところでちょうど教室《きょうしつ》にたどりつき、さっさと帰《かえ》ろうと思《おも》ってカバンをいれてあるロッカーを勢《いきお》いよくあけた。

「……ん？」

ぱたん、とロッカーの扉《とびら》をしめる。

なんか見《み》たことないものがあったような……。

もう一度《いちど》そぉおっと扉《とびら》をあけてみる。

やっぱり、ある。

ロッカーには真《ま》っ白《しろ》な封筒《ふうとう》がはいっていた。

これってもしかするともしかしたりしてラブレター!?

「へ～、いまどきラブレターかぁ」

アオちんのつぶやきに虎竹《こたけ》がなんだかあわてた声《こえ》を出《だ》したようだったけど、なんて言《い》ってたかなんて耳《みみ》には一切《いっさい》はいってこなかった。

だって、それどころじゃない。

ちりちりと熱《あつ》い指先《ゆびさき》で封筒《ふうとう》をひらけば、

『放課後《ほうかご》、噴水前《ふんすいまえ》で待《ま》ってます』

と書《か》かれた、メッセージカードがあらわれた。

「ほら、来《き》た、モテモテスクールライフ」

カードを見《み》たアオちんがまたもニヤリと笑《わら》う。

期待《きたい》しちゃいけない。落《お》ち着《つ》いてよく見《み》なおさなくちゃ。

でも、気《き》づいたらあたしは全速力《ぜんそくりょく》で走《はし》ってた。

だって放課後《ほうかご》だよ？　いま、放課後《ほうかご》になってから何分何秒《なんぷんなんびょう》たった⁉　相手《あいて》の気持《きも》ちがかわるまえにいかないと！

校舎《こうしゃ》の角《かど》もきわどいコーナリングで曲《ま》がり、たどりついた噴水前《ふんすいまえ》には男子生徒《だんしせいと》の姿《すがた》！

そして、そして……。


「俺《おれ》とつきあう気《き》、ある？」

ずっとあこがれてたワード、いただきました〜〜〜!!

生《う》まれてはじめて告《こく》られて（もちろん、返事《へんじ》はオッケーだよ！）。

生《う》まれてはじめてのデートの日《ひ》。

とっておきの日《ひ》に着《き》ようと思《おも》っていた白《しろ》いワンピースを身《み》にまとったあたしは、鼻歌《はなうた》を歌《うた》いながらまちあわせの場所《ばしょ》へと急《いそ》いだ。

はじめてのデート！　やりたいことはいっぱいある！

まず、手《て》をつなぐでしょ。

あと、食事《しょくじ》のときは「あ〜ん」してあげて、プリだって撮《と》りたいし〜。

やりたいこと盛《も》りだくさんだよっ。

「危《あぶ》ないですよ」

とつぜんの声《こえ》にはっとした瞬間《しゅんかん》、首《くび》がしまる感覚《かんかく》にぎょっとする。

それがだれかにうしろから襟《えり》をつかまれたんだってわかるのと同時《どうじ》に、目《め》の前《まえ》を車《くるま》が通《とお》りすぎた。

あっぶなー！　気《き》づかないうちに赤信号《あかしんごう》の横断歩道《おうだんほどう》をわたろうとしてた。

「あの、ありがとうございま……」

「赤《あか》は止《と》まれって、教《おそ》わらなかったんですか？」

ふりかえっておじぎをしようとして体《からだ》がかたまる。

だってそこに立《た》っていたのはセンセイだった。

助《たす》けてくれたのって、センセイ!?　なんでこんなとこにいるの？

昨日《きのう》の今日《きょう》でますます気《き》まずくて、信号《しんごう》が青《あお》になったからさっさとわたろうとすると、なぜかセンセイもついてきた。

「なんで、ついてくるんですか!?」

「通《とお》り道《みち》でしょ、牛丼屋《ぎゅうどんや》の」

「どんだけ牛丼《ぎゅうどん》好《す》きなんですか」

ていうか、センセイに牛丼《ぎゅうどん》って似合《にあ》わないんだけど。

だってセンセイが牛丼《ぎゅうどん》を食《た》べてる姿《すがた》って想像《そうぞう》できな……いや、けっこういけるかも……。

そんなことを考《かんが》えてたら、センセイが、

「そっちは？」

なんて聞《き》いてきた。

ふふん、よくぞ聞《き》いてくれました！

「昨日《きのう》、告《こく》られまして……おデートに！」

「へぇ……」

ふ、ふ、ふ……センセイってば興味《きょうみ》なさそうな返事《へんじ》ですね。

でも、あたしにはわかってるんですよ。昨日《きのう》、さんざんバカにした相手《あいて》が、ちゃ〜んと彼氏《かれし》をゲットしてるんで、おどろいているってことに！　たぶんだけど！

まあ、おどろいていてもいなくても、いまのハッピーなあたしにはどちらでもいいんですけどね。ハッピーだと嫌《いや》だったこともすべてが許《ゆる》せちゃうっ。

「小林《こばやし》っていって、去年同《きょねんおな》クラだったんですけど、ず〜っとあたしのこと好《す》きだったらしくて！」

はぁ、顔《かお》がニヤける。この空《そら》の下《した》にあたしのことを好《す》きな人《ひと》がいると思《おも》うだけで、もうニヤニヤが止《と》まらないよ。

「……さまるんは？」

「え？」

となりを歩《ある》いていたセンセイを見《み》あげると、センセイはいつものクールな顔《かお》でたずねてきた。

「その人《ひと》のこと、好《す》きなの？」

好《す》き？

あたしは小林《こばやし》の顔《かお》を思《おも》いうかべた。

といっても、印象《いんしょう》に残《のこ》ってるのは、昨日《きのう》の告白《こくはく》してくれたときの顔《かお》だけ。あの小林《こばやし》が、好《す》き……？

（……ではないな、まだ。うん、まだね）

「これから好《す》きになるんですぅ！」

元気《げんき》よく答《こた》えてあたしは走《はし》りだした。

そうだよ、好《す》きになることからはじめる交際《こうさい》だって、アリだよね！

「で、好《す》きになってる自分《じぶん》が想像《そうぞう》できないと」

夕方《ゆうがた》のファーストフード店《てん》で、アオちんがスマホをいじりながら言《い》った。

「うん……」

アオちんのとなりであたしは無意味《むいみ》な笑顔《えがお》をはりつかせたますわっていた。

デートの間《あいだ》、ずーっとこの〝無意味《むいみ》な笑顔《えがお》〟をはりつけていたから、顔《かお》がもどらなくなっちゃって。たった半日《はんにち》のデートで精神力《せいしんりょく》も体力《たいりょく》もぜんぶ使《つか》いはたしたせいで、笑顔《えがお》をほどく力《ちから》もない……。

「なんか嫌《いや》なことされたのかよ？」

テーブルのむかい側《がわ》にすわった虎竹《こたけ》が、心配《しんぱい》そうな顔《かお》でたずねてくる。

「べつに小林《こばやし》に嫌《いや》なことはされなかった。けど……」

半日《はんにち》デートを思《おも》いだすと、胸《むね》にもやもやが広《ひろ》がっていく。

だって、はじめてのデートに、やけに先《さき》っぽがとがったワニ革《がわ》の靴《くつ》ってどうなの？

自慢《じまん》げにはいったカラオケで音程《おんてい》ずれた歌《うた》を聴《き》かすってどうなの？

ピザ食《た》べてなめた指《ゆび》であたしにピザを「あ〜ん」てするのどうなの？

プリでいきなり手《て》つないできて、手汗《てあせ》やばいってどうなの？

「ねえ、どう思《おも》う⁉」

自分《じぶん》のデートの感想《かんそう》を他人《たにん》に聞《き》くのも変《へん》だけど、初心者《しょしんしゃ》だからしかたないよねっ⁉

彼氏《かれし》さんともはや熟年《じゅくねん》カップルの域《いき》にたっしている恋愛《れんあい》の先輩《せんぱい》アオちんの返事《へんじ》を待《ま》つ。

アオちんは、すっとスマホをカバンにしまうと言《い》った。

「彼氏《かれし》のバイト終《お》わるから帰《かえ》るね」

だからちょっとはねぎらってよー！

アオちんにすがりつこうとすると、アオちんはすばやく身《み》をひねってよけ、

「ごめん、友情《ゆうじょう》より愛情《あいじょう》」

と、流《なが》れるように席《せき》を立《た》った。

「いさぎよいなぁ、おまえ……」

虎竹《こたけ》があきれた声《こえ》を出《だ》す。

うう、知《し》ってた、知《し》ってたよ、アオちんがそういう人《ひと》だって！

だけど聞《き》きたいの！

「最後《さいご》に教《おし》えて！　ドキドキときめいたりするのって二次元《にじげん》だけの話《はなし》!?　これがリアルなの？」

「バーロー……」

店《みせ》を出《で》ようとしていたアオちんがくるりとふりむく。その顔《かお》は真剣《しんけん》だった。

「二次元《にじげん》だろうがリアルだろうが、ガチ恋《こい》したら胸《むね》**ボンババぼん**だっつ〜の！」

恋愛《れんあい》の先輩《せんぱい》はやっぱりかっこいいな……。捨《す》てゼリフを残《のこ》しさっていく姿《すがた》を、あたしはあこがれとうらやましさのまじった目《め》で見送《みおく》った。

「いや、あいつを恋愛《れんあい》の先輩《せんぱい》としてあこがれるのはまちがってるぞ？」

虎竹《こたけ》、心《こころ》の声《こえ》まで読《よ》んでツッコまないでよ。でも、いまはそんなことを言《い》いかえす気力《きりょく》はない。

あたしは机《つくえ》にがつんと額《ひたい》をくっつけてうなだれた。

「どうしよ……。小林《こばやし》に**ボンババぼん**する自分《じぶん》がぜんぜん想像《そうぞう》できない」

「だろうな」

「『だろうな』って……」

「だってさ……本当《ほんとう》に好《す》きな相手《あいて》なら、変《へん》なところも愛《あい》らしく見《み》えるもんじゃねぇの？」

虎竹《こたけ》のくせに……でも、本当《ほんとう》にそうかも。

「……明日《あした》、ちゃんとごめんなさいする」

「ん」

顔《かお》をあげると、虎竹《こたけ》はどこか安心《あんしん》したようにほほえんでいた。

♥

バッシャーンと水《みず》しぶきの音《おと》とともに、あたしは噴水《ふんすい》のなかにつきおとされた。

水《みず》を吸《す》う衣類《いるい》の気持《きも》ち悪《わる》さを感《かん》じながら、去《さ》っていく小林《こばやし》の足音《あしおと》を聞《き》いていた。
『クソ女《おんな》が！』
小林《こばやし》の罵倒《ばとう》が耳《みみ》に残《のこ》ってる。
そりゃそうだよね。初《はつ》デートの翌日《よくじつ》に『やっぱり好《す》きになれない』だなんて。
告白《こくはく》されたときにちゃんと考《かんが》えなかったあたしが悪《わる》い。
――だってうれしくて。
つきあうって決《き》めたのに、好《す》きになれなかったあたしが悪《わる》い。
――好《す》きじゃないのにつきあうのはもっとひどい。
ぐるぐるといろんな感情《かんじょう》がうずまいて、涙《なみだ》があふれそうになる。
（……泣《な》いちゃダメ。そんな資格《しかく》、ない）
ぐっと唇《くちびる》をかみしめて、涙《なみだ》をこらえる。
水《みず》がしみこんでいくスカートを見《み》ていた視界《しかい》に、手《て》が差《さ》しだされた。
筋《すじ》ばってるけど、長《なが》くてきれいな指《ゆび》。
「カゼをひきますよ」

……弘光《ひろみつ》センセイ。なんでこんなところにいるの。

「最悪《さいあく》ですよね、あんなうかれてたくせに」

「……女子《じょし》に手《て》をあげるほうが最悪《さいあく》ですけど」

あたしはセンセイの手《て》を借《か》りずにぐっと足《あし》に力《ちから》をこめて立《た》ちあがる。

水《みず》を吸《す》ったスカートは思《おも》いのほか重《おも》たかった。センセイの顔《かお》を見《み》る気《き》にもなれない。

みじめだ。

「みんなあたり前《まえ》に恋人《こいびと》ができて、あたしだけおいてきぼり……。はじめて好《す》きって言《い》ってもらえたのに、なんで……」

「楽《らく》しようとしてるからだよ」

「は？」

ラクって、なにが？　思《おも》わず顔《かお》をあげると、センセイはやっぱりクールな顔《かお》であたしを見《み》ていた。

「好《す》きな人《ひと》、楽《らく》して作《つく》ろうとしたでしょ？」

「してません！　フラれまくってもがんばって好《す》きな人《ひと》に告《こく》って……」

「告白《こくはく》しないで後悔《こうかい》したくないからでしょ」

それが悪《わる》いっていうの？　でも、そうでもしないと、恋人《こいびと》は作《つく》れないじゃん。

「さまるんの幸《しあわ》せは好《す》きな人《ひと》と両思《りょうおも》いになること」

センセイが指《ゆび》を一本《いっぽん》立《た》てて言《い》った。うん、あってる。

「さまるんは小林《こばやし》が好《す》きではない」

センセイが二本目《ほんめ》の指《ゆび》を立《た》てて言《い》う。……うん、あってる。

「したがって、さまるんは幸《しあわ》せになれない……ほら、三段論法成立《だんろんぽうせいりつ》」

さ、さんだん？　なにそれ、雰囲気的《ふんいきてき》に数学《すうがく》の言葉《ことば》っぽいけど、なんでここで数学《すうがく》が出《で》てくるの？

意味《いみ》がわからず、絶句《ぜっく》するあたしにセンセイは言《い》った。

「ぜんぶ、自分《じぶん》の自己中心的思考《じこちゅうしんてきしこう》がまねいた結果《けっか》です」

「そうですけど！」

そんなのいまさら言《い》われなくてもわかってる！

でも、じゃあどうしたらよかったの？

「だって、好《す》きな人《ひと》が自分《じぶん》を好《す》きとか、奇跡《きせき》じゃないですか」

そんな奇跡《きせき》、どうやって起《お》こしたらいいの？

みんな、ふつうに奇跡《きせき》を起《お》こしてつきあってるのに、どうしてあたしに奇跡《きせき》は起《お》こらないの？

こらえていた涙《なみだ》がひとすじ、こぼれた。

「じゃあ、まず、漫然《まんぜん》と生《い》きるのやめたら？」

「へ？」

またもやセンセイのわけのわからない発言《はつげん》に、涙《なみだ》が止《と》まる。マンゼン……て？

「考《かんが》えたことある？　自分《じぶん》がやりたいこと」

いきなり言《い》われてもさっぱりわからんのですが。

つーかそれ、泣《な》いてる生徒《せいと》に言《い》う言葉《ことば》？

「……具体的《ぐたいてき》になにをすれば」

「それを考《かんが》えろって言《い》ってるんです」

とだけ言《い》うと、センセイはあたしを残《のこ》して歩《ある》きだした。

「水遊《みずあそ》び、つづけたいならご勝手《かって》に」

ふりむきもせずに校舎《こうしゃ》の角《かど》をまがり、姿《すがた》を消《け》す。

なんなの、あれ……。

あの人《ひと》、本当《ほんとう》にセンセイ!?

3 見《み》ちゃった……！

LOVE《ラブ》ノートの新《あら》たなページにデカデカとタイトルを書《か》く。

『なにをしたいのか』

その下《した》に箇条書《かじょうが》きで書《か》いたのは――。

← 『センセイをぎゃふんと言《い》わせたい』

← 『そのためには、センセイよりかっこいいスパダリ※を作《つく》らなきゃダメ』

※「スーパーダーリン」の略《りゃく》

『それではなに言《い》っても論破《ろんぱ》される』

←

『したがって、関《かか》わるのをやめる!』

これがいま一番《いちばん》やりたいこと! 三段《だん》論《ろん》法《ぽう》にまとめてやったわ!

ん? 四段《だん》になってるって?

えーっと……まぁ、誤差《ごさ》の範囲《はんい》ってやつよ、問題《もんだい》なし!

ともかく! センセイをぜーったいぎゃふんと言《い》わせてやる。

それまではセンセイの半径《はんけい》一メートル以内《いない》には近《ちか》づかないって決《き》めた。

次《つぎ》にセンセイに会《あ》うときは、スパダリとラブラブしてるのを見《み》せつけてやるんだから!

おーっほほほほほ!

——て、決《き》めたのに。

「なんでこんなことになるのかな……」

「そりゃおめー、日直《にっちょく》だからな」

アオちんのツッコミにあたしはがっくりとうなだれながらも、クラスメイトのノートをかかえて、重《おも》い足《あし》をひきずるように数学準備室《すうがくじゅんびしつ》へとむかっていた。

半径《はんけい》一メートル以内《いない》には近《ちか》づかない、と決意《けつい》した翌日《よくじつ》に『日直《にっちょく》は数学《すうがく》ノートを集《あつ》めて提出《ていしゅつ》』ってどこまで不運《ふうん》なの……。

まぁ、アオちんがついてきてくれたからよかったけど。

「とりあえず、パッとわたしてパッと出《で》る。できる、きっとできる！　あたしはやればできる子《こ》だ！」

「その意気《いき》だ！」

アオちんの応援《おうえん》も受《う》けて、あたしはイメトレどおりにすばやく数学準備室《すうがくじゅんびしつ》の扉《とびら》をあけようとする——と、

「弘光先生《ひろみつせんせい》ってぇ、彼女《かのじょ》とかいんの？」

数学準備室《すうがくじゅんびしつ》から聞《き》こえたのは、センセイ以外《いがい》の声《こえ》。

この声《こえ》って、同《おな》じクラスの詩乃《しの》？　なんで準備室《じゅんびしつ》に……。

話《はな》し中《ちゅう》ならあとのほうがいいかな、と思《おも》ってたらアオちんがそーっと扉《とびら》をひらき、なかへと侵入《しんにゅう》した。

「おしっ、この棚《たな》にかくれれば、なかが見《み》えるぜぃ」

「ちょ、アオちん⁉」

「いいじゃん、ちょっくらのぞいたってさ」

まあたしかに……。

詩乃《しの》といえばクラスでもきれい系《けい》トップ5《ファイブ》にはいる子《こ》だし。その子《こ》がわざわざセンセイのところに来《く》るなんて……気《き》になる！

ササッとアオちんとならんでのぞきこむと、なかは二人《ふたり》きりではなく三人《にん》だった。

机《つくえ》にむかってるセンセイと、そのセンセイの両肩《りょうかた》に手《て》を置《お》いた詩乃《しの》、そして同《おな》じくきれい系《けい》の夏穂《かほ》がセンセイの顔《かお》をのぞきこむように立《た》っている。

ていうか、距離感《きょりかん》おかしくねっ⁉　詩乃《しの》も夏穂《かほ》も近《ちか》すぎじゃねっ⁉

「さすがクラスきってのきれい系《けい》にして肉食系女子《にくしょくけいじょし》2《ツー》トップ。恋愛戦闘力《れんあいせんとうりょく》、高《たか》いのぅ」

「恋愛戦闘力《れんあいせんとうりょく》⁉ 恋愛《れんあい》にも戦闘力《せんとうりょく》あるの⁉」

「もちろん。ありゃ『DRAGON《ドラゴン》 BALL《ボール》』で言《い》うところのフリーザレベルだ」

「フリーザレベルが二人《ふたり》‼」

アオちんの解説《かいせつ》にあたしはごくりとツバをのむ。

宇宙最強《うちゅうさいきょう》のフリーザ様《さま》（級《きゅう》の戦闘力《せんとうりょく》）にセンセイがいかに無惨《むざん》に敗《やぶ》れるのか！

わくわくしながら見守《みまも》っていると、詩乃《しの》と夏穂《かほ》はどんどんセンセイへの距離《きょり》をちぢめながら「もしかして先生《せんせい》、照《て》れてます？」「やだぁ～、先生《せんせい》、かぁわぁい～い！」と甘《あま》え口《く》調《ちょう》でささやき攻撃《こうげき》をつづけていく。

あれが恋愛戦闘力《れんあいせんとうりょく》か！

「センセイだまったままだね……」

「残《のこ》りヒットポイントがないんじゃね？ 勝負《しょうぶ》がつくのも時間《じかん》の問題《もんだい》だな」

アオちんがそう分析《ぶんせき》したとき、センセイの口元《くちもと》が動《うご》いた。

「人《ひと》は加齢《かれい》とともに体感時間《たいかんじかん》が短《みじか》くなります」

――は？

詩乃《しの》と夏穂《かほ》がかたまってる。もちろんあたしとアオちんも。

センセイ、なに言《い》いだした？

「生《う》まれてから1歳《さい》になるまでの体感時間《たいかんじかん》を一とした場合《ばあい》、2歳《さい》からは二分《ぶん》の一、3歳時《さいじ》は三分《ぶん》の一に感《かん》じるという説《せつ》もあるんですよ」

「……え、なんの話《はなし》？」

詩乃《しの》が夏穂《かほ》に聞《き》く。けど、夏穂《かほ》も首《くび》をかしげるだけ。

もちろん、あたしらも。

頭《あたま》にでっかい？マークをうかべた女子《じょし》たちにおかまいなく、センセイの話《はなし》はつづく。

「時間《じかん》は有限《ゆうげん》で尊《とうと》いもの、ムダにすごすのはやめないか、という話《はなし》です」

つまりそれって、詩乃《しの》と夏穂《かほ》の恋愛狩猟《れんあいしゅりょう》がムダだからやめろってこと⁉

「先生《せんせい》、ミジンコなみの戦闘力《せんとうりょく》かと思《おも》いきや、すげー反撃《はんげき》パンチをはなってきたな」

「アオちん、感心《かんしん》してる場合《ばあい》⁉　応援《おうえん》の相手《あいて》ちがうっしょ！」

がんばれ、肉食系《にくしょくけい》！　勝利《しょうり》のあかつきには焼《や》き肉食《にくた》べ放題《ほうだい》おごっちゃうぞ！

そんな心《こころ》のなかでの応援《おうえん》がとどいたのか、かたまっていた詩乃《しの》と夏穂《かほ》が、また笑顔《えがお》で
（ちょっと引《ひ》きつってたけど）センセイへの攻撃《こうげき》を再開《さいかい》する。

「ムダって、え〜ひどくない？」

「あんまつめたくすると数学《すうがく》の授業《じゅぎょう》、まじめに聞《き》かないから！」

「かまいませんよ」

ああ……ふたりのハートが粉々《こなごな》になっていくのが手《て》に取《と》るようにわかる……。

「まだなにか？」

息《いき》つく間《ま》もない連続攻撃《れんぞくこうげき》。

肉食系女子《にくしょくけいじょし》に勝利《しょうり》の女神《めがみ》はほほえまなかった——。

完全《かんぜん》にノックアウトされた詩乃《しの》と夏穂《かほ》は『すごすご』という言葉《ことば》がまさにぴったりの体《てい》で戸口《とぐち》へ――あたしとアオちんが盗《ぬす》み見《み》している場所《ばしょ》へ――とむかってくる。

ヤバッ、ここにいたら盗《ぬす》み見《み》してたのがバレちゃう！

どうしよ、とアオちんに視線《しせん》をむけると、そこにアオちんの姿《すがた》はなく、ノートだけが残《のこ》されていた。

まさか、ひとりで逃《に》げちゃったの⁉

ひぃっとかたまるあたしの前《まえ》を、生気《せいき》のない目《め》をした詩乃《しの》と夏穂《かほ》が通《とお》りすぎていった。

……気《き》づかれなかった。

完全《かんぜん》に魂《たましい》がぬけた状態《じょうたい》になってるよ……。

「かくれてないで、ちょっと手伝《てつだ》ってもらえます？」

「ひぅ！」

準備室《じゅんびしつ》からのセンセイの声《こえ》に、小《ちい》さく悲鳴《ひめい》をあげてしまった。

こっちはバレてる……。

しかたなく全員分《ぜんいんぶん》のノートをかかえて先生《せんせい》に近《ちか》づいた。

半径《はんけい》一メートル以内《いない》に近《ちか》づかないようにしようと思《おも》ったのに、あっさりと失敗《しっぱい》か……。

センセイの言《い》う『お手伝《てつだ》い』は、ノートチェックの補佐《ほさ》だった。

チェックするページをひらいてセンセイにわたすと、センセイが内容《ないよう》を確認《かくにん》し、『たいへんよくできました』か、『もっとがんばりましょう』のスタンプを押《お》していく。

意外《いがい》なことにセンセイのノートチェックはとても丁寧《ていねい》だった（しかもスピードも速《はや》い）。

まちがってる人《ひと》にはわざわざ解《と》き方《かた》や気《き》をつけることを書《か》きこんであげるし、左利《ひだりき》きのセンセイが書《か》く、左上《ひだりあ》がりの文字《もじ》は読《よ》みやすい。

にしても、さっきからセンセイが押《お》してるのって、

「……『もっとがんばりましょう』、ばっかですね」

「公平《こうへい》に評価《ひょうか》した結果《けっか》です」

「こんなんじゃ嫌《きら》われちゃいますよ？」

「べつに好《す》かれなくてもいいですから」

うわー。マジでそういうこと言《い》っちゃうんだ。

ホントなんでセンセイになったんだろう。

それをたずねると、センセイは「なんとなくヒマだったので」と答《こた》えてきた。

なんとなくヒマって、なんだ。

「数学《すうがく》が好《す》きだからとかじゃないんですね」

あれだけ丁寧《ていねい》にノートを見《み》るのも〝生徒《せいと》のため〟というより〝数学《すうがく》が好《す》き〟ってほうが納得《なっとく》できるな、ってチラッと思《おも》ったんだけど。

……あれ？　なにか変《へん》なこと言《い》ったかな。

センセイの動《うご》きが止《と》まってる。

でも止《と》まっていたのは一瞬《いっしゅん》で、センセイはやっぱり『もっとがんばりましょう』のスタンプを押《お》すと、「次《つぎ》のノート」と短《みじか》く言《い》った。

「ドラマとかだと、あれですよね、したわれる先生的《せんせいてき》なのにあこがれるとか！　……ほら、なんでしたっけ？」

「ノーヒントで聞《き》かれてもね」

ノートをわたすあたしに、センセイがあきれたように言《い》った。そりゃそうだ。

でもヒントって言《い》われても……ああ、タイトルが出《で》てこない！

「ほら、あれですよ、あれ！　『3年《ねん》～B組《ビーぐみ》い～』的《てき》な」

「……………」

『このバカチンがぁ！』」

渾身《こんしん》のしかめっ面《つら》と高速《こうそく》で髪《かみ》を耳《みみ》にひっかけるパフォーマンス。

どう、これで思《おも》いだすでしょ⁉

「……もしかして金八先生《きんぱちせんせい》？」

「そう、それです！」

よっしゃ！　伝《つた》わった！　タイトルも思《おも》いだしたよ～～！

今日《きょう》の仕事《しごと》はぜんぶ終《お》わり！　ぐらいの達成感《たっせいかん》にひたっていたら、

「く、くくくく……そんな、全力《ぜんりょく》でマネしなくても……」

センセイが笑《わら》ってる。

笑《わら》いをこらえるように口元《くちもと》をかくしてるけど、すごく楽《たの》しげで。

大人《おとな》だし、べつの世界《せかい》の人《ひと》ぐらいに思《おも》ってたのに。

同《おな》じ世界《せかい》の人《ひと》なんだっていきなり実感《じっかん》した。

はじめて見《み》た、この人《ひと》の笑顔《えがお》。
こんなにやわらかく笑《わら》うんだ——。
「はぁ、久々《ひさびさ》にこんな笑《わら》った」
涙《なみだ》をぬぐうためにメガネをはずしたセンセイがあたしにほほえむ——胸《むね》が高鳴《たかな》った。
え、なんで？
なに、いまの、いまの？ っていうか、いまも胸《むね》がドキドキしっぱなしなんだけど⁉
まさか、あたしセンセイを……？
いやいやいやないないないない！ ぜったいない！
センセイだけはぜったいない！

4 好《す》きにならない！

落《お》ち着《つ》こうっ、カモン、平常心《へいじょうしん》！

ベッドのなかであたしは自分《じぶん》に言《い》い聞《き》かせる。

え、なんでベッドのなかかって？

それはね、数学準備室《すうがくじゅんびしつ》から逃《に》げるみたいに帰《かえ》ってきて、そのままベッドに飛《と》びこんだからさ。

失恋《しつれん》だって一晩寝《ひとばんね》ればきれいさっぱり忘《わす》れてきたんだから、今回《こんかい》だって！

――て、期待《きたい》したのに、ぜんぜん眠《ねむ》くならないっ。

しかもなんだか全身《ぜんしん》がドキドキぽかぽかしてる。

（これって……まさか!?　いや、ないない！　センセイを好《す》きとかないから！）

だから、好《す》きとか言《い》うなー！　ちがうから！

あたしはガバッと起《お》きあがると、机《つくえ》の上《うえ》にLOVE《ラブ》ノートをひらいた。
センセイに関《かか》わるのをやめる、と書《か》いたページをめくり、新《あたら》しいまっさらなページに、あらたな決意《けつい》を大《おお》きく書《か》きくわえる。

『センセイを見《み》ない』
『センセイとしゃべらない』
『センセイのことを考《かんが》えない』

これをあたしの『好《す》きにならないための三カ条《じょう》』と名《な》づけよう！
あたしがほしいのは恋人《こいびと》。
なのに、ぜったい恋人《こいびと》になってくれない人《ひと》を好《す》きになってる場合《ばあい》じゃない！
フラれる恋《こい》にかまけてるヒマはないんだよっ。
あたしはこぶしを高《たか》くつきあげ、宣言《せんげん》した。

「あたし、佐丸《さまる》あゆはは三カ条《じょう》を守《まも》ることを誓《ちか》います‼」

と、決意《けつい》した翌日《よくじつ》の放課後《ほうかご》。

あたしは数学準備室《すうがくじゅんびしつ》に呼《よ》びだされていた。

センセイを見《み》ないように、ホームルームではずーっと手《て》で顔《かお》をおおって。

センセイとしゃべらないように、廊下《ろうか》でばったり会《あ》ったときは、超特急《ちょうとっきゅう》で逃《に》げて。

センセイのことを考《かんが》えないように、数学《すうがく》の授業《じゅぎょう》で寝《ね》ていたら、呼《よ》びだしをくらってしまった……。

あたし、バカなの⁉　知《し》ってたけど！

せめてセンセイの顔《かお》は見《み》ないようにとうつむいてると、センセイが言《い》った。

「……で？　今度《こんど》はなにに悩《なや》んでるんですか」

え？

おどろいて顔《かお》をあげてしまい、センセイの顔《かお》を真正面《ましょうめん》から見《み》てしまう。

「いねむりのお説教《せっきょう》じゃ……？」

「勉強《べんきょう》はするもしないも自己責任《じこせきにん》ですから」

そうだ、センセイってそういう人《ひと》だった。

「……もしかして、あたしを心配《しんぱい》して？」

「この前《まえ》、手伝《てつだ》ってもらいましたしね。お礼《れい》に聞《き》きます」


ずきゅーんっ！


とっさに胸《むね》をおさえる。やばい、心臓《しんぞう》が飛《と》びでそう！

（そんなやさしくされたら、ほれてまうやろ〜〜！）

心臓《しんぞう》をおさえるあたしに、センセイは「早《はや》く」とおいうちをかける。

なんなのっ、クールなくせしてじつは心配《しんぱい》するとか！

そんな高度《こうど》な技《わざ》で容赦《ようしゃ》なく乙女《おとめ》の心《こころ》はゆれまくってるっての！

でも心配《しんぱい》してくれるのはうれしいけれど、

『どうしたらセンセイを好《す》きにならずにいられるか悩《なや》んでます』

なんて、言《い》えるわけがない。

どうしたらいいんだ〜と冷《ひ》や汗流《あせなが》しまくっていると、

「またどうやったら彼氏《かれし》できるかって話《はなし》？」

「それです！」

この際《さい》、センセイの話《はなし》にのったほうが早《はや》い。

そして、この部屋《へや》からさっさと退散《たいさん》しよう。

「そうなんですよ〜。まぁ、だってしかたないじゃないですか、あたしって」

「しかたない？」

「顔《かお》もスタイルも普通《ふつう》だしバカだし取《と》り柄《え》ないし」

ああ、自分《じぶん》で言《い》っててマジ泣《な》けてくる。

ホントなんで、なんもないんだろう。

「こんなつまらない人間《にんげん》、だれも相手《あいて》に……」

「さまるん、まっすぐじゃないですか」

「え？」

一瞬《いっしゅん》で目《め》のなかにうすくはっていた涙《なみだ》が引《ひ》っこんだ。

おどろいたままセンセイを見《み》つめていると、センセイはちょっとだけほほえんだ。

「そこをかわいいと思《おも》う人《ひと》もきっといますよ」

うわ〜〜〜！

センセイがかわいいって言《い》った！

かわいいって言《い》われたわけじゃないのに『かわいい』って単語《たんご》だけで胸《むね》がばくばくする。

「悩《なや》みはそれだけ？」

「は、はい！　じゃあ、あたしはこれで帰《かえ》ります！」

これ以上《いじょう》ここにいたら、完全《かんぜん》に取《と》りかえしのつかないことになるよ！

あたしがすばやくまわれ右《みぎ》をした瞬間《しゅんかん》——窓《まど》ガラスを大粒《おおつぶ》の雨《あめ》がいっせいにたたきはじめた。

（なんでこうなるの⁉）

昇降口《しょうこうぐち》で、あたしは内心《ないしん》あわあわしながら、傘《かさ》をさがすセンセイの背中《せなか》を見《み》つめていた。

とつぜんの豪雨《ごうう》に傘《かさ》がないと言《い》うと、センセイが親切《しんせつ》にも自分《じぶん》の傘《かさ》を貸《か》すと言《い》いだしたのだ。

もちろん断《ことわ》ったけれど、「カゼひきますから」とセンセイはゆずってくれなかった。

（これ以上《いじょう》いっしょにいたら、ぜったいヤバイって！）

いっそのこと逃《に》げちゃおうか。

そろ～っと足《あし》を一歩《いっぽ》うしろに引《ひ》いたところで、センセイがふりむく。

あわてて足《あし》をもどして、気《き》をつけの姿勢《しせい》でかたまっていると、センセイは少《すこ》しだけ不満《ふまん》そうな顔《かお》で口《くち》をひらいた。

「どうやら、だれか持《も》っていったようです」

「そ、そうですか！　なら、わたし、雨《あめ》やむまで教室《きょうしつ》で宿題《しゅくだい》でもやってますので！」

もちろん勉強《べんきょう》なんてする気《き》はないけど。

センセイがほっといてくれそうなことを言《い》わないとね。

「そういうワケにはいかないでしょ」

と言《い》うと、センセイはおもむろにジャケットを脱《ぬ》ぎだした。

なにしてるんだろう、とぽかんとしていると、センセイはジャケットを頭《あたま》からかぶった。

なるほど、雨《あめ》よけにするのね。

と、感心《かんしん》していたあたしの頭上《ずじょう》をおおうように、片腕《かたうで》でジャケットを広《ひろ》げた。

「いきますよ」

「ど、どこに⁉」

なんて聞《き》きかえす間《ま》もあたえられず、センセイの腕《うで》に守《まも》られて、雨《あめ》のなかへかけだす。

雨《あめ》でけぶる視界《しかい》に、駐車場《ちゅうしゃじょう》に止《と》まっているセンセイの車《くるま》が見《み》えた。

でも、いまはそんなことどうでもよくて。

センセイのジャケット、すごくいい香《かお》りがする。

雨《あめ》からかばうみたいに密着《みっちゃく》したセンセイの体《からだ》、すごく引《ひ》きしまってる。

きわめつけは、助手席《じょしゅせき》にあたしをのせてくれたセンセイが、濡《ぬ》れた髪《かみ》をすっと、かきあげる——。

スキ!!

完敗《かんぱい》です！　完璧《かんぺき》です！

こんなの好《す》きにならないほうが無理《むり》！

雨《あめ》に濡《ぬ》れたせいで車内《しゃない》はセンセイの香《かお》りが充満《じゅうまん》して、もうこのまま天国《てんごく》にいってもいいと思《おも》った。

それに、いったん認《みと》めちゃえば、すっごく気持《きも》ちが楽《らく》になった。

素直《すなお》にドキドキできるって最高《さいこう》っ！

だから自宅《じたく》に送《おく》ってもらったのに、家《いえ》のカギがなくてあわてるあたしに、センセイが盛大《せいだい》にため息《いき》をついたって、ぜんぜんしあわせなの！

♥

雨《あめ》のなか、放《ほう》りだすわけにもいかないと思《おも》ったようで、センセイはひとり暮《ぐ》らしのマンションへつれていってくれた。

好《す》きな人《ひと》の部屋《へや》にはいるのってはじめてだよ～！

貸《か》してもらったタオルで体《からだ》をふきながら、リビングルームをじっくり観察《かんさつ》する。

いたるところに本《ほん》が積《つ》まれていて、しかもどれも数学《すうがく》の本《ほん》。

(ん、これってなんのトロフィー？)

目《め》をひいたのは本棚《ほんだな》の一角《いっかく》を占領《せんりょう》するように置《お》かれた、いくつものトロフィー。

なんのコンテストだろ。

台座《だいざ》の部分《ぶぶん》を読《よ》もうとしたとき、センセイが寝室《しんしつ》からもどってきた。

(うきゃーっ、センセイの部屋《へや》にセンセイ！　超《ちょう》レア！)

頭《あたま》の録画機能《ろくがきのう》フル回転《かいてん》で見《み》とれているあたしに、センセイは近《ちか》づいてきて、

「なに見《み》てるの」

と、あきれたように言《い》った。

言外《げんがい》に「勝手《かって》に見《み》ないように」と言《い》われてる気《き》もするけど、部屋《へや》に入《い》れといてそれは遅《おそ》いでしょう。

あたしはトロフィーを指《ゆび》さしてたずねた。

「これぜんぶ、センセイがもらったんですか？」

「うん、まぁ」

「すごいです！」

あらためて台座《だいざ》を読《よ》むと……英語《えいご》で書《か》かれているのもけっこう多《おお》いんですけど!?

「英語《えいご》のもありますね！」

「フランス語《ご》ね……留学《りゅうがく》してたときのですよ」

「え、留学《りゅうがく》!?　なにしに？」

「なにしにって……数学勉強《すうがくべんきょう》しに」

「すっごいなぁ〜！」

勉強《べんきょう》をするためにわざわざ海外《かいがい》にまでいっちゃうなんて。

しかもトロフィーももらっちゃうなんて。

「あたし、いままで一度《いちど》もこういうのもらったことなくて」

「数学《すうがく》ノートも、もっとがんばりましょう、ですもんね」

「そうなんですよぉ」

えへへ……と笑《わら》って、もう一度《いちど》センセイのトロフィーを見《み》つめた。

センセイの新《あら》たな一面《いちめん》を見《み》られてうれしい。

なにを表彰《ひょうしょう》されているのかさっぱりの賞状《しょうじょう》をじっくり見《み》ていくうちに、ちょっと意外《いがい》なものも見《み》つけてしまった。

「かわいい〜、ペンギンだ！」

トロフィーにもたれるようにして置《お》かれていた手《て》のひらサイズのペンギンの置《お》き物《もの》を持《も》ちあげると、金具《かなぐ》がついていた。

キーホルダーだったのね。

「けど、かわいすぎてセンセイっぽくない〜」

「これは……『さいもん』からのもらいもの」

センセイは恥《は》ずかしいのか、あたしの手《て》からペンギンをすっと取《と》りあげる。

「サイモン？」

「幼《おさな》なじみ」

センセイは本棚《ほんだな》に置《お》かれていた写真立《しゃしんた》てを指《ゆび》さした。

写真《しゃしん》はなにかの集合写真《しゅうごうしゃしん》みたいで、センセイはどこ……とさがすと、女《おんな》の人《ひと》とガチムチな外国人《がいこくじん》にはさまれてならんでいた。

なるほど、このガチムチが幼《おさな》なじみのサイモンだな。

「ガチムチが、これを……」

かなり意外《いがい》かも……。

「人《ひと》の部屋《へや》、勝手《かって》にあさらないようにね」

そう言《い》うと、センセイがあたしのうしろから腕《うで》をのばし、本棚《ほんだな》の上《うえ》のほうへキーホルダーを置《お》く。

けど……この体勢《たいせい》って!!

(こここ、これは！　ほぼほぼバックハグされているのと同《おな》じでは!?　えぇー、なにこのLOVE《ラブ》展開《てんかい》！)

もしやこのまま抱《だ》きしめられる!?

ええ、抱《だ》きしめてください！

あたしは準備万端《じゅんびばんたん》で次《つぎ》を待《ま》ったけど、センセイはなにもしてこない。

「あれ？」

ふりむくと、センセイはリビングのテーブルにすわっていた。

「さ、教科書《きょうかしょ》ひらいて」

「へ？」

「宿題《しゅくだい》、やるって言《い》ってましたよね」

「……はい」

いろんな意味《いみ》で落胆《らくたん》しながらあたしはテーブルについた。


あらためて言《い》うことじゃないけど、数学《すうがく》は苦手《にがて》です（きっぱり）。

いくら大好《だいす》きなセンセイの教科《きょうか》でも、わかんないものはわかんない。

だからセンセイがつきっきりで問題《もんだい》を解《と》くけど、ぜんぜん進《すす》まない……。

「ほら、さっき教《おし》えた数式《すうしき》ですよ」

なんてセリフを何度《なんど》も言《い》われて、あたしは半泣《はんな》きで数学《すうがく》と格闘《かくとう》した。

「無理《むり》に学《まな》んだって意味《いみ》ないんじゃないですかぁ？」

ふてくされて文句《もんく》を言《い》うと、センセイがつめたーい眼差《まなざ》しであたしを見《み》てきた。

はい、やります。自分《じぶん》でやるって言《い》いましたもんね。

ふたたび数式《すうしき》と格闘《かくとう》をはじめると、センセイは静《しず》かな声《こえ》で語《かた》りだした。

「数学《すうがく》は万能《ばんのう》なんだよ。物理学《ぶつりがく》、社会科学《しゃかいかがく》、コンピューター科学《かがく》、あらゆる状況《じょうきょう》に対応可《たいおうか》能《のう》な基本言語《きほんげんご》で、一度《いちど》わかれば世界《せかい》が広《ひろ》がって……」

「できたー！」

あたしのさけびにセンセイがビクッと肩《かた》をゆらした。

けれど、おどろいたことをなかったことにするかのように、涼《すず》しい顔《かお》で「見《み》せてください」とノートを手《て》に取《と》った。

次《つぎ》にノートから顔《かお》をあげたとき、センセイは小《ちい》さく笑《わら》っていた。

「ほら、できたじゃん」

「あってます⁉ やったーっ、すごいすごい！ あたし、すごくないですか⁉」

「調子《ちょうし》いいよね、さまるんは」

センセイはあきれたように言《い》うけど、それはセンセイが数学《すうがく》を簡単《かんたん》に解《と》けるからですよ。

「あたし的《てき》には数学革命《すうがくかくめい》ですよ⁉ あ、センセイ、たいへんよくできましたスタンプ押《お》してください！」

「あれは学校《がっこう》です」

そういや、数学準備室《すうがくじゅんびしつ》の引《ひ》きだしにしまってたような……。

「じゃあ、ごほうびなしなんですか……」

しょんぼりするあたしにセンセイが首《くび》をかしげる。

「ごほうび？」

「モチベあがるやつですよー。ほら、イルカショーのイルカもアジ的《てき》な小魚《こざかな》をもらうじゃ
……」

「あーはいはい」

またまたセンセイはあきれたように言《い》って、あたしの頭《あたま》をぽんぽんとなでた。

ハイ！　頭《あたま》ぽんぽん、いただきましたー！

体中《からだじゅう》の血液《けつえき》が逆流《ぎゃくりゅう》するぐらいドキドキした。

心臓《しんぞう》がバクバクして、指先《ゆびさき》が甘《あま》くしびれてくる。

だってここはセンセイの部屋《へや》。

そこに若《わか》い男女《だんじょ》がふたりきり……（センセイもまだ若《わか》いよね？　大丈夫《だいじょうぶ》だよね？？）。

そんな状況下《じょうきょうか》で頭《あたま》ぽんぽんがかもしだす、ちょっとだけ甘《あま》い雰囲気《ふんいき》……。

コレ、恋愛《れんあい》フラグ立《た》ったんじゃね？

もはや、告白《こくはく》のタイミングじゃね？

となれば、やることは決《き》まってるっしょ！

「……センセイ、す」

「さまるんってさ、もしかして俺《おれ》のこと好《す》き？」

「！？！？！？！？」


ちゅどーんっ！


ミサイルを真正面《ましょうめん》から受《う》けとめたような衝撃《しょうげき》（受《う》けたことないけどっ）に、あたしはかたまる。

センセイ、ナント、オッシャッタ？

「やっぱり……そうなんだ」

バレてた⁉　いつから⁉

いや、いま気《き》にするべきはそこじゃないっ。大事《だいじ》なのはこれからのことっ！

「な、なら、どうするんですか？」

ひらきなおって真《ま》っ正面《しょうめん》からセンセイにたずねる。

するとセンセイの答《こた》えは。

「どうもしませんよ」

「…………」

「俺《おれ》、いちおう教師《きょうし》ですよ？　そうじゃなくたって高校生《こうこうせい》なんてありえないでしょ。コーヒーでも飲《の》みますか？」

まるでなにごともなかったかのように、センセイがキッチンへむかう。

リセットされた。

完璧《かんぺき》な拒絶《きょぜつ》。

一方的《いっぽうてき》な線引《せんび》き。

「……じゃあ、なんで、好《す》きなんて聞《き》くんですか？」

ふりむいたセンセイがぎょっとした顔《かお》をする。

まさかあたしが泣《な》くとは思《おも》わなかったんだろうね。

あたしだって、泣《な》きたくなかったよ。

でも、泣《な》きたくないのに涙《なみだ》が止《と》まらない。

言《い》ってもしょうがないってのに、言《い》わずにはいられない！

「なんであたし、告《こく》らせてももらえず、フラれなきゃならないんですか⁉」

あんまりだ。

ぜんぶ先《さき》まわりして、勝手《かって》にリセットして。

そっちはリセットしても、こっちは……この気持《きも》ちはなかったことにできないっ！

ボロボロ泣《な》きながら口《くち》をへの字《じ》にしていると、センセイは無言《むごん》で近《ちか》づいてきて、

「……ありがとうね。俺《おれ》なんかを好《す》きになってくれて、けど……」

なぐさめるようにあたしの頭《あたま》に手《て》をのばした。

バシッ！

あたしはセンセイの手《て》をはたき、涙《なみだ》を必死《ひっし》に止《と》めてギロッとにらんだ。

「あたしがバカだからですか⁉」

「さまるん？」

「おっぱいちっちゃいからですか⁉」

「あのねぇ……」

「じゃあ頭《あたま》よくなってきれいになって巨乳《きょにゅう》になります！　センセイのタイプの女《おんな》になります！」

「だからそういう問題《もんだい》じゃ……」

「ぜったいぜったい、センセイをおとしてみせますから！　こうご期待《きたい》ですっ‼」

ビシッとセンセイに指《ゆび》をつきたて、宣戦布告《せんせんふこく》する。

涙《なみだ》は完全《かんぜん》に止《と》まっていた。

だってこれはもう戦《たたか》いだから。かすんだ視界《しかい》のままじゃ戦《たたか》えない。

センセイはしばらく沈黙《ちんもく》していたけれど、やがて、

「……まったくそそられないけど、いいよ」

「！」

センセイはあたしを挑発《ちょうはつ》するみたいに顔《かお》を近《ちか》づけてきて（きゃー、近《ちか》い！）、言《い》った。

「俺《おれ》をおとしてみなよ。絶対《ぜったい》おちませんから」

その笑《え》みは、まさに悪魔《あくま》みたいにきれいだった。

5 おとしてみせます！

あのセンセイをおとすなんて無謀《むぼう》に見《み》える？

でもね、告《こく》ったら試合終了《しあいしゅうりょう》だったいままでの恋《こい》にくらべたら、大股《おおまた》で一歩前進《いっぽぜんしん》ですよっ。

やれることはなんでもやって、ぜったい好《す》きって言《い》わせてみせる！

それからあたしは本《ほん》（チャーリーパピコ著《ちょ》『年上《としうえ》はこう落《お》とせ！　30の誘惑方法《ゆうわくほうほう》』）をスミからスミまで読《よ》んで研究《けんきゅう》をかさねた。

なるほど～『大人《おとな》メイクにかえて、年《とし》の差感《さかん》をなくす』のか。

次《つぎ》の日《ひ》、さっそくメイクをバブル風《ふう》にして登校《とうこう》したら、センセイには「やりすぎ」って言《い》われてしまった。

そういやバブル期《き》は、センセイにとっても古《ふる》かったかも。

いやいやあきらめないよっ。

次《つぎ》は『魅惑《みわく》ボディで刺激《しげき》する』作戦《さくせん》だ。

翌日《よくじつ》、底上《そこあ》げにせ乳《ちち》パッドを三枚《まい》がさねでしこんでみたら、センセイには『全方向《ぜんほうこう》にまちがってるから』ってばっさり切《き》られた。

くぅう、てごわい。でもまだ28の方法《ほうほう》が残《のこ》ってる！

一日《にち》7種類《しゅるい》ためせば、遅《おそ》くても四日目《よっかめ》には晴《は》れてゴールインできる計算《けいさん》よ。

ふふふ……センセイのおかげであたしも日常《にちじょう》で計算《けいさん》をするようになっちゃった。

恋《こい》って人《ひと》をかえるのね！

♥

「またおかしなこと、やってんな」

センセイ攻略開始《こうりゃくかいし》から六日目《むいかめ》の放課後《ほうかご》。

つまり30の誘惑方法《ゆうわくほうほう》がすべて失敗《しっぱい》に終《お》わったことがわかった夕方《ゆうがた》、噴水前《ふんすいまえ》のベンチで燃《も》えつきて灰《はい》と化《か》すあたしに、虎竹《こたけ》が話《はな》しかけてきた。

虎竹《こたけ》のくせに「おかしい」ってなんだ、「おかしい」って。

チャーリーパピコの教《おし》えはすごいんだぞ。

センセイには通用《つうよう》しなかったけどさ……。

ううん、きっとチャーリーパピコの教《おし》えは、あたしには高等《こうとう》すぎたんだよ。

もっと基本《きほん》にもどったほうがいいのかも。

「ねぇ、虎竹《こたけ》はさぁ、片想《かたおも》いしたことある？」

「えっ、そりゃあ……まあ」

虎竹《こたけ》がちょっとうろたえたように視線《しせん》を泳《およ》がせた。

知《し》らなかった、虎竹《こたけ》もそういう思《おも》いしたことあったんだ。

「そのときってさ、どうやってアピったりするの？」

「アピールっつぅか、相手《あいて》を喜《よろこ》ばせようとするかな」

「え？」

「好《す》きなやつが喜《よろこ》んでたら、単純《たんじゅん》にうれしいだろ？」

「……天才《てんさい》」

「あ？　おい、あゆは⁉」

中庭《なかにわ》に虎竹《こたけ》を残《のこ》し、あたしは飛《と》ぶように走《はし》った。

センセイに喜《よろこ》んでもらおう！

ここ最近《さいきん》ずっとあきれられてたから（おもに誘惑方法《ゆうわくほうほう》で）、久《ひさ》しぶりにセンセイの笑顔《えがお》も見《み》たい。

……あれ？　センセイって喜《よろこ》ぶと笑《わら》うタイプ？　ま、いいや。とりあえず喜《よろこ》んでもらえば、わかることだし。

そんなことを考《かんが》えながらセンセイをさがしていると——いた、センセイ発見《はっけん》！

しかもナイスタイミングで、授業《じゅぎょう》で使《つか》う教材《きょうざい》をいっぱい運《はこ》んでいる。

「手伝《てつだ》います‼」

センセイは断《ことわ》ってきたけど、「まぁまぁいいじゃないですかぁ」と言《い》って、教材《きょうざい》の一部《いちぶ》をわたしてもらった。

「これ、どこまで運《はこ》べばいいんですか？」

「……数学準備室《すうがくじゅんびしつ》まで」

「了解《りょうかい》でっす！」

元気《げんき》いっぱいに答《こた》えてセンセイとならんで歩《ある》く。

喜《よろこ》んでくれてるかなぁ、とちらりと見《み》あげると、横目《よこめ》でこちらを見《み》るセンセイと目《め》が合《あ》った。

きゃ～、目《め》が合《あ》っちゃった！　と喜《よろこ》んだのもつかの間《ま》、センセイは視線《しせん》を前《まえ》にもどし、いかにもやれやれ、といったふうでたずねてきた。

「今度《こんど》はなにをたくらんでるんです？」

「たくらんでるなんて人聞《ひとぎ》きの悪《わる》い。純粋《じゅんすい》にセンセイのお手伝《てつだ》いをしたいんです！」

「そんな無理《むり》して……。素《す》の自分《じぶん》を好《す》きになってもらわなきゃ、しかたなくないですか？」

「素《す》の自分《じぶん》でアピールなら一度《いちど》いたしましたが？」

「……あぁ」

まるでいま思《おも》いだしたというように気《き》のない答《こた》え。

けど、こんな反応《はんのう》ぐらいじゃめげないよ、いまさらね。

「最大限《さいだいげん》よく見《み》せたあたしを好《す》きになってもらえるなら、一生《いっしょう》この状態《じょうたい》キープしてみせますよ！」

あたしはニッと笑《わら》ってみせた。

指《ゆび》をつきつけての宣戦布告《せんせんふこく》のかわりに（だって手《て》は荷物《にもつ》でいっぱいだったから）。

そんなあたしをセンセイはやっぱりクールに……いや、どちらかというと不思議生物《ふしぎせいぶつ》を発見《はっけん》したように見《み》つめていた。

……あたし、そんなに変《へん》かな？

❤

センセイを喜《よろこ》ばせたい。

でも、喜《よろこ》ばせるってむずかしいよね。

そもそもセンセイって基本的《きほんてき》になんでもできる人《ひと》だから、困《こま》るってことがない（ホント完璧《かんぺき》すぎっ）。

だから手助《てだす》けも必要《ひつよう》ないから、喜《よろこ》ばせることもできない。

LOVE《ラブ》ノートの『センセイを喜《よろこ》ばせて好感度《こうかんど》アップ作戦《さくせん》』とタイトルづけしたページには、これまでしてきたこと（『センセイの荷物《にもつ》を運《はこ》ぶ』『授業《じゅぎょう》では積極的《せっきょくてき》に発言《はつげん》』『ティッシュとハンカチを常備《じょうび》』などなど）が増《ふ》えていくわりには、あまり好感度《こうかんど》はアップされていない気《き》がする。

なにかセンセイが困《こま》ってることないかな〜……。

って、思《おも》ってた矢先《やさき》、うれしいチャンスがやってきた！

それはHR《ホームルーム》でのできごと。

秋《あき》の芸術祭《げいじゅつさい》。あたしたち二年生《ねんせい》は、クラス対抗合唱《たいこうがっしょう》コンクールになったので、その実行《じっこう》委員《いいん》を決《き》めることになった。

教壇《きょうだん》でセンセイが「だれか立候補《りっこうほ》いますか？」とたずねるけど、手《て》をあげる人《ひと》なんていない。

「部活《ぶかつ》あるんで〜」

「特《とく》にないけど、めんどい」

「それそれ」

なんて口々《くちぐち》に言《い》って、クラスのみんなはやる気《き》のなさを発揮《はっき》していた。

そうしたら、センセイが小《ちい》さくため息《いき》をついて言《い》ったの。

「困《こま》りましたね」

「やります!!」

あ、これを言《い》ったのは、あたしね。

もちろん挙手《きょしゅ》して、はっきり大《おお》きく宣言《せんげん》したよ。

だって『困《こま》ってる』って、その言葉《ことば》を待《ま》ってたんだから！

「実行委員《じっこういいん》やります、あたしと虎竹《こたけ》で!!」

「はぁ!?」

虎竹《こたけ》が間抜《まぬ》けな声《こえ》を出《だ》したけど、アオちんが「ドンマ～イ」って軽《かる》くあしらってくれた。

「……いいんですか？」

確認《かくにん》するセンセイにあたしは大《おお》きくうなずく。

「はいっ！　あたしと虎竹《こたけ》でやります！　まかせてください！」

「……では、そういうことで」

「センセイ、うれしいですか⁉」

教壇《きょうだん》からおりようとしたセンセイをおいかけるようにしてたずねる。

「うれしいですか！！？？」

「ん、まぁ……HR《ホームルーム》早《はや》く終《お》わったし」

ヨッシャーッ！

教室《きょうしつ》を出《で》ていくセンセイのうしろ姿《すがた》を見《み》おくり、あたしは小《ちい》さくガッツポーズを取《と》った。

あきらめなければチャンスってやってくるんですね、チャーリーパピコ‼

こっから怒濤《どとう》のおいあげでセンセイを喜《よろこ》ばせていけば、センセイの愛《あい》を手《て》に入《い》れることも夢《ゆめ》じゃない！

おーしっ、がんばるぞっ。

「おいっ！」

声《こえ》とともにひざ裏《うら》にかかった衝撃《しょうげき》で、あたしはあっけなくバランスをくずし、床《ゆか》に手《て》をついた。

だれだ、ひざかっくんしたの⁉

キッとふりむくと、仁王立《におうだ》ちしていたのは虎竹《こたけ》だった。

「なに考《かんが》えてんだよ、おまえ！」

「え⁉　そりゃ……合唱《がっしょう》のことだよっ！」

「ホントに？」

「ホントホント！　合唱《がっしょう》の曲《きょく》、いいの見《み》つけようね！」

虎竹《こたけ》はうさんくさげにこっちを見《み》てるけど、嘘《うそ》じゃないって。本心《ほんしん》だよ。

だって、いい曲見《きょくみ》つけて、合唱《がっしょう》コンクールも成功《せいこう》させて、センセイを喜《よろこ》ばせなくちゃいけないんだからっ！

❤

「却下《きゃっか》」

センセイはうんざりした様子《ようす》で持《も》っていた楽譜《がくふ》をぽいっと机《つくえ》に放《ほう》った。

「えー、ダメですか⁉」

「だからないって、言《い》ったろ？」

となりの虎竹《こたけ》が「ほれ見《み》ろ」という顔《かお》でジトッとあたしを見《み》てくる。

ここは放課後《ほうかご》の数学準備室《すうがくじゅんびしつ》。

図書室《としょしつ》で合唱用《がっしょうよう》の曲《きょく》をいくつか選《えら》び、さらに、クラスのみんなからおすすめの楽譜《がくふ》を借《か》りてきたので、センセイに見《み》てもらっていたのだ。

センセイが却下《きゃっか》した楽譜《がくふ》を指先《ゆびさき》でコツコツとたたく。

「だいたいなんですか、『ロマンティック歌劇《かげき》・ドラゲナイ』って」

「ドラゲナイのオープニングです！　アオちんいち推《お》しのアニメで、なかでも推《お》しメンは主役《しゅやく》の……」

「こんなテンポの曲《きょく》、合唱《がっしょう》むきじゃない」

またもバッサリと切《き》られた……。

ごめん、アオちん。せっかく楽譜《がくふ》さがしてきてくれたのに……。

「楽譜《がくふ》、読《よ》めんですね」

虎竹《こたけ》が意外《いがい》そうに言《い》った。

そういや、そうだ。まぁ、センセイはなんでもできるから不思議《ふしぎ》じゃないけどさ。

「ピアノ……昔《むかし》、さいもんと習《なら》っていたから」

(出《で》た、ガチムチ！)

あたしは写真《しゃしん》に写《うつ》っていたサイモンを思《おも》いうかべる。

あの大《おお》きな指《ゆび》でピアノの鍵盤《けんばん》を繊細《せんさい》に押《お》せるのかかなり疑問《ぎもん》なんですけど。

「センセイがピアノとか……なんか意外《いがい》です」

虎竹《こたけ》が言《い》うと、センセイは「どこが？」と聞《き》きかえしてきた。

「数学《すうがく》と音楽《おんがく》は似《に》てるじゃないですか」

(は？)

「ほらスコアを読《よ》むのと数式《すうしき》を読《よ》み解《と》くのが……」

(んん？)

「音符《おんぷ》や記号《きごう》は、美《うつく》しい音楽《おんがく》を正確《せいかく》にみちびきだす数式《すうしき》のようなものです。音楽《おんがく》も数学《すうがく》も非常《ひじょう》に論理的《ろんりてき》に構築《こうちく》されている。指揮者《しきしゃ》のアンセルメはローザンヌ大学《だいがく》で授業《じゅぎょう》を…」

「センセイって本当《ほんとう》に数学好《すうがくす》きなんですね」

思《おも》わず口《くち》からこぼれた言葉《ことば》に、センセイがおどろいたように口《くち》を閉《と》ざした。

ありゃ、話《はなし》をさえぎる形《かたち》になっちゃったかな。

けど、こんな饒舌《じょうぜつ》なセンセイはじめて見《み》たから、つい……。

「数学好《すうがくす》き……？」

センセイがとまどったように聞《き》いてきた。

え、まさかの自覚《じかく》なし？

「さっきからすごく楽《たの》しそうでしたよ」

「………」

「そっかぁ、センセイは数学《すうがく》っぽいから音楽《おんがく》も好《す》きなんだ」

えへへ。センセイを喜《よろこ》ばせたら、センセイの新情報《しんじょうほう》も聞《き》けちゃったっ。

勢《いきお》いでひきうけた実行委員《じっこういいん》だけど、なんだかもっともっとがんばれそう！

失礼《しつれい》します、とセンセイにあいさつをして虎竹《こたけ》とふたりで廊下《ろうか》に出《で》る。

「センセイの話《はなし》いっぱい聞《き》けて、めっちゃ得《とく》した。虎竹《こたけ》のおかげっ、ありがとね」

「俺《おれ》は損《そん》しかしてねぇけどな。……けど、これからどうすんだ？」

「この調子《ちょうし》でどんどんセンセイを喜《よろこ》ばす！」

「じゃなくて！　合唱《がっしょう》の曲《きょく》だよっ」

あ、そうだった……。早《はや》く決《き》めないと、練習《れんしゅう》もはじめられない。

ふと気《き》づくと、どっからか合唱《がっしょう》の練習《れんしゅう》が聞《き》こえてくる。

ヤバイ、ほかのクラスはもうはじめてんじゃん！

とりあえず図書室《としょしつ》でほかに合唱曲《がっしょうきょく》の本《ほん》がないか、もう一度《いちど》さがすことにした。

虎竹《こたけ》は「つきあおうか」と言《い》ってくれたけど、ひとりで大丈夫《だいじょうぶ》だよ、と断《ことわ》る。

虎竹《こたけ》は虎竹《こたけ》で、バイトや年下《としした》の兄弟《きょうだい》の面倒《めんどう》を見《み》なくちゃいけなくて、じつは忙《いそが》しいのを知《し》ってるから。

巻《ま》きこんじゃったし（いちおう、自覚《じかく》はあるんだよ）、甘《あま》えすぎちゃいけない。

合唱《がっしょう》、がんばるって決《き》めたんだし、やってやるぞーっ！

数日後《すうじつご》。放課後《ほうかご》の音楽室《おんがくしつ》で、あたしは腕組《うでぐ》みをしてうなっていた。

あたしの前《まえ》にはいくつもの楽譜《がくふ》がならんでいる。

図書室中《としょしつじゅう》の合唱用《がっしょうよう》の楽譜《がくふ》に目《め》をとおして選《えら》んだものなんだけど……なんかピンとこないんだよね。

せっかくの合唱《がっしょう》なんだし、みんなが気持《きも》ちよく歌《うた》える曲《きょく》がいいじゃない？

なのにどの楽譜《がくふ》を見《み》てもイマイチ。

でも、もう曲決《きょくぎ》めをしないと練習時間《れんしゅうじかん》がなくなっちゃう。

せめて発声練習《はっせいれんしゅう》ぐらいははじめようと思《おも》って「放課後《ほうかご》は音楽室《おんがくしつ》に集合《しゅうごう》ね」とクラスのみんなに声《こえ》をかけたんだけど、だれも来《こ》ない。

そうだよね〜、曲決《きょくき》まってないし、やる気出《きで》ないよね〜。

それに実行委員《じっこういいん》を決《き》めるときの雰囲気《ふんいき》じゃ、発声練習《はっせいれんしゅう》になんて集《あつ》まらないよね〜。

だからみんなのやる気《き》が出《で》る曲《きょく》を選《えら》びたいんだけど……。

（どーしたらいいのよーっ！）

八方《はっぽう》ふさがりになって頭《あたま》をかかえたとき、音楽室《おんがくしつ》の戸《と》がひらいた。

「え、さまるん、マジでいるんだけど」

「うそぉ、はりきってて、ワラじゃね？」

はいってきたのは詩乃《しの》と夏穂《かほ》だった。

やったぁ、来《き》てくれたんだ！

「ちょうどよかった！　ねぇ歌《うた》いたい曲《きょく》とかって……」

「もうやめちゃいなよ？」

「え？」

言《い》われた意味《いみ》がわからくて、目《め》をぱちぱちして詩乃《しの》を見《み》つめるあたしに、夏穂《かほ》がうすく笑《わら》って言《い》った。

「そんながんばっても意味《いみ》ないよ」

「けど、やるって決《き》めたからさ」

「先生《せんせい》につめたくされてムカつかないの？」

夏穂《かほ》が目《め》を細《ほそ》めて聞《き》いてきた。

それは……時々《ときどき》あるかな。正直《しょうじき》に答《こた》えると、詩乃《しの》が「でしょ〜！」といかにも知《し》ってたというようにあいづちをうつ。

「ぎゃふんと言《い》わせたほうがいいと思《おも》うんだよね」

「ぎゃふん……？」

「つうかすでにあがってんだわ、あいつの授業《じゅぎょう》ボイコットする話《はなし》」

どくん、と心臓《しんぞう》の鼓動《こどう》が聞《き》こえたような錯覚《さっかく》がした。

なぜだろう、じわじわと体《からだ》がつめたくなっていく。

とまどいながら詩乃《しの》と夏穂《かほ》を見《み》ると、ふたりはなんだか楽《たの》しげな顔《かお》だった。

いまの話《はなし》って、楽《たの》しいこと？

「え……なんで？」

「やりたくないなら、やんなくていいってあいつ言《い》ってたし」

たしかに言《い》ってたけど。

……けど。

あたしは一瞬《いっしゅん》でカラカラになったのどをもどかしく感《かん》じながら、必死《ひっし》に声《こえ》を出《だ》す。

「なんで、そんなことするの？」

すると詩乃《しの》と夏穂《かほ》は楽《たの》しげに声《こえ》をあげて笑《わら》った。

「なんでって、決《き》まってんじゃん！」

「だってあいつ、生徒《せいと》のこと考《かんが》えてなさすぎだし〜」


「考《かんが》えてるよ！」


詩乃《しの》と夏穂《かほ》がぎょっとした顔《かお》であたしを見《み》てる。

あたしも、自分《じぶん》の声《こえ》におどろいた。

なに言《い》ってんの、あたし。

大声《おおごえ》で反論《はんろん》なんてダサイし、空気読《くうきよ》めって感《かん》じだよ!?

そんなことわかってる。わかってるのに。

「だってセンセイ、ノートすごく丁寧《ていねい》に見《み》てたよ？　わからないこと丁寧《ていねい》に教《おし》えてくれたよ！　センセイは不器用《ぶきよう》だけど、すごくやさしいよ！」

自分《じぶん》でもおさえきれない勢《いきお》いで、気《き》づくと詩乃《しの》と夏穂《かほ》にせまっていた。

詩乃《しの》と夏穂《かほ》の顔《かお》がドン引《び》きしたようにゆがんでる。

「え、えー……怖《こわ》いんですけど」

「そういうんじゃなくて、あたしはただセンセイに！」

こういうとき、なんて言《い》えばわかってもらえるんだろう？

説明《せつめい》すればするほどふたりと距離《きょり》ができてく……とあせりまくっていたら、また音楽室《おんがくしつ》の戸《と》がひらいた。

ふりかえってみると、そこに立《た》っていたのはセンセイ！

センセイはだまってあたしたちを見《み》やると、無言《むごん》のままピアノへむかう。

おどろきと気《き》まずさでフリーズするあたしより先《さき》に口《くち》をひらいたのは詩乃《しの》だった。

「盗《ぬす》み聞《ぎ》きとか悪趣味《あくしゅみ》なんですけど」

センセイは答《こた》えず、ピアノのふたをあける。

「はぁ、シカト？」

夏穂《かほ》の舌打《したう》ちしそうな声《こえ》に、あたしはフリーズを急《いそ》いで解除《かいじょ》した。

（センセイがまた嫌《きら》われちゃう！）

「あ、あの、センセイ……」

声《こえ》をかけようとした矢先《やさき》、センセイがピアノを弾《ひ》きはじめた。

その旋律《せんりつ》にあたしたちは息《いき》をのんだ。


センセイの演奏《えんそう》が、ヒドすぎる。


曲《きょく》のテンポが速《はや》くなったり遅《おそ》くなったり。しかもところどころ音《おと》がずれる。

すご〜く間抜《まぬ》けな音《おと》が急《きゅう》にあらわれるから、思《おも》わずズッコケそうになる。

こんなのふたりに聴《き》かせたら、センセイのイメージがますます悪《わる》くなるよっ！

「あの、センセイ！」

「……なに？」

センセイが手《て》を止《と》めてふりむく。

なんだか、すごい不機嫌《ふきげん》そう。

もしかしていま、自分《じぶん》の演奏《えんそう》に酔《よ》ってた……？

「あ、あの……いまのは……？」

「ちょっと練習《れんしゅう》しておこうかと」

不機嫌《ふきげん》さをちょっとだけ引《ひ》っこめた声《こえ》でセンセイが言《い》う。

「練習《れんしゅう》？」

「だって合唱《がっしょう》には伴奏《ばんそう》がいるでしょ」

センセイは平然《へいぜん》と、さも当然《とうぜん》のように言《い》った。

（きゃ～～っ、センセイの伴奏《ばんそう》で歌《うた》えるんだ！　うれしすぎ～～！）

脳内《のうない》がハッピー度《ど》１２０パーセントに染《そ》まった直後《ちょくご》、詩乃《しの》の言葉《ことば》があたしを現実《げんじつ》に引《ひ》きもどした。

「……先生《せんせい》、伴奏《ばんそう》するんすか？」

（そうだった！　詩乃《しの》と夏穂《かほ》はアンチセンセイなんだった！）

「３歳《さい》からピアノを習《なら》っていたので」

（センセイ、なに若干《じゃっかん》自慢《じまん》げに言《い》ってんの⁉）

この状況《じょうきょう》をどうフォローしたらいいかわからなくて、ひとりであわあわしていたら……。

詩乃《しの》と夏穂《かほ》がくすくすと笑《わら》いだした。

「……ヤバイ、これ笑《わら》っちゃダメなやつだ」

「先生《せんせい》って天然《てんねん》？」

ふたりがセンセイが弾《ひ》くピアノへ自然《しぜん》と近《ちか》よってくる。

同時《どうじ》に、はりつめていた音楽室内《おんがくしつない》の空気《くうき》がやわらいでいくのがわかった。

詩乃《しの》と夏穂《かほ》の表情《ひょうじょう》に、センセイへの警戒心《けいかいしん》はもう見《み》えなくなっていた。

「せっかくですし、練習《れんしゅう》しますか？」

「練習《れんしゅう》って、ピアノの？　歌《うた》の？　どっち？」

からかうように言《い》う詩乃《しの》。夏穂《かほ》もなんだか楽《たの》しげで。

それがうれしくてニコニコしていたら、

「なにニヤついてるんですか」

とセンセイに言《い》われてしまった……（ニコニコなのにぃ）。

その後《あと》、センセイと詩乃《しの》と夏穂《かほ》とで軽《かる》く発声練習《はっせいれんしゅう》をしたり、おしゃべりをしたりしていたら、すぐに下校時刻《げこうじこく》になってしまった。

詩乃《しの》たちもセンセイと個人的《こじんてき》に話《はな》せて、いろいろ楽《たの》しかったみたい。

ふたりは「先生《せんせい》がいるなら、また練習《れんしゅう》やってもいいよ」とまで言《い》ってくれた。しかもほかのクラスメイトたちにも声《こえ》をかけてくれるって。

音楽室《おんがくしつ》を出《で》てセンセイたちと別《わか》れると、まっすぐに図書室《としょしつ》へむかった。

借《か》りていた楽譜《がくふ》をかえそうと思《おも》って。

やっぱり曲選《きょくえら》びは妥協《だきょう》したくないって、あらためて思《おも》ったんだよね。

(でも、どうやってさがそう……)

図書室《としょしつ》を出《で》て考《かんが》えながら昇降口《しょうこうぐち》へむかっていると、

「……遅《おそ》いんだけど」

廊下《ろうか》の壁《かべ》にもたれるようにしてセンセイが立《た》っていた。

「え、待《ま》っててくれたんですか⁉」

あたしがかけよると、センセイは「廊下《ろうか》は走《はし》らない」と先生《せんせい》っぽいことを言《い》った。

どうしよう、顔《かお》がニヤけちゃう。

思《おも》わずほっぺをかくすように両手《りょうて》をそえると、センセイが怪訝《けげん》な顔《かお》で「どうしました」とたずねた。

「今日《きょう》はもうセンセイに会《あ》えないって思《おも》ってたから……なんかヤバイです」

えへへ……と笑《わら》うと、センセイは一瞬《いっしゅん》だけ複雑《ふくざつ》な顔《かお》をしたけど、すぐにいつものクールな顔《かお》にもどし、おどろくべきことを言《い》った。

それを聞《き》いたあたしは思《おも》わずカバンを落《お》としてしまったほど。

だって、センセイはこう言《い》ったんだよ？

「明日《あした》って、時間《じかん》あります？」

6 これってデートですか⁉

『明日《あした》って、時間《じかん》あります？』
センセイに言《い》われた言葉《ことば》がずーっと頭《あたま》の中《なか》でリフレインしてる。
家《いえ》に帰《かえ》ってきても、お風呂《ふろ》にはいっててもずっと。
これって……デートのお誘《さそ》いだよね？
もちろん返事《へんじ》は即答《そくとう》オッケー。そうしたら『車《くるま》でむかえにいきます』だって。
車《くるま》でデート！
そうだよね、先生《せんせい》と生徒《せいと》がデートするなら車《くるま》はマストだよね。
見《み》つかったらヤバイもんね？　よくわからないけど。
と・に・か・く、好《す》きな人《ひと》との初《はつ》デート！
す・な・わ・ち、失敗《しっぱい》はゆるされないっ！

あたしは美容《びよう》パックと美容《びよう》ローラーを入念《にゅうねん》にして、着《き》る予定《よてい》の白《しろ》いレースのついたカットソーとタイトミニスカートのしわを丹念《たんねん》にのばし、さらに起《お》こりうるありとあらゆる状況《じょうきょう》をすべてLOVE《ラブ》ノートに書《か》きだしてイメージトレーニングもばっちりにして、当日《とうじつ》をむかえた。

「……それがなんでこうなるの」

センセイがつれてきてくれたお店《みせ》の前《まえ》でぼう然《ぜん》と立《た》ちつくす。

ここは近郊《きんこう》で一番大《いちばんおお》きな音楽《おんがく》ショップ。

もちろんオシャレなカフェが併設《へいせつ》されててそれが有名《ゆうめい》、な〜んてことはなく、有名《ゆうめい》なのは楽譜《がくふ》の品《しな》ぞろえの多《おお》さ。

「今日中《きょうじゅう》に合唱曲《がっしょうきょく》を決《き》めますからね」

と言《い》って、センセイはすたすたとなかへはいっていく。

曲《きょく》を決《き》めるのはだいじですよね。ええ、わかります。わかりますが……。

「いくぞ、あゆは」

「なんで……」

「ん？」

「なんで虎竹《こたけ》もいっしょなのよ⁉」

あたしは声《こえ》をかけてきた虎竹《こたけ》に思《おも》わず吠《ほ》えた。

たとえ味気《あじけ》ない合唱曲選《がっしょうきょくえら》びだとしても、センセイとふたりきりならデートだって思《おも》いこめたのに、おジャマ虫《むし》がいたらそれもできない。

少《すこ》しは空気《くうき》を読《よ》めってのっ。

「そりゃ、俺《おれ》も実行委員《じっこういいん》だからだろ。だれかのせいで」

はい、正論《せいろん》です。ぐぅの音《ね》も出《で》ません。

「……まぁ、こんなこったろうとは思《おも》いましたけど」

ため息《いき》をつきながら店内《てんない》へとはいると、センセイはもう楽譜《がくふ》を見《み》ていた。

センセイ、やる気《き》だ。

真剣《しんけん》な顔《かお》を見《み》てたら、ちょっとやる気出《きで》てきたぞ。

「てか、わざわざ休《やす》みの日《ひ》に合唱《がっしょう》の曲決《きょくき》めなくても」

虎竹《こたけ》がボヤくので、あたしは「ち、ち、ち」と人指《ひとさ》し指《ゆび》をゆらす。

「わからない？　センセイも燃《も》えてきちゃってんのよ！　心《こころ》の金八《きんぱち》、育《そだ》ってきてんのよ！」

「いや、さまるんのためだからね？」

「えっ!?」

おどろいてふりむくと、いつのまにかセンセイがうしろに立《た》っていた。

「センセイ、本当《ほんとう》ですか!?　うっそ、センセイやさし〜い！」

「全力《ぜんりょく》で空《から》まわられると、見《み》ているだけでつかれて迷惑《めいわく》なんです」

「そういうことですか……」

思《おも》わずがっくりとうなだれると、のびてきたセンセイの手《て》が、あたしの両《りょう》ほほをつまんで上《うえ》をむかせた。

「だから真面目《まじめ》にさがすように」

きゃ〜〜っ！　センセイに顔《かお》をさわられちゃった!!

昨日《きのう》、美容《びよう》パックしておいてよかった〜。

解放《かいほう》してくれたほほにさっと自分《じぶん》の手《て》をかさねる。

このぬくもりは、もしやセンセイの残《のこ》り温《おん》（残《のこ》り香的《がてき》な）なのかも！

よーし、センセイチャージ満《まん》タンですよっ。

「虎竹《こたけ》、がんばってさがそうね！……虎竹《こたけ》？」

「……なんでもねーよ」

虎竹《こたけ》はまるでなにかをふりきるように、大《おお》きなため息《いき》をはいて、ずんずんと楽譜《がくふ》の棚《たな》へと歩《ある》いていった。

どうしたんだ、あいつ。

休《やす》みの日《ひ》に呼《よ》びだされたのがそんなに不満《ふまん》だったのかな？

どうやらこの読《よ》みは正《ただ》しかったようで、三人《にん》で別《わか》れて楽譜《がくふ》をさがしていたんだけど、ふと気《き》になって虎竹《こたけ》の姿《すがた》をさがしたら、なんとセンセイにむかってなにか文句《もんく》を言《い》っていた。

（虎竹《こたけ》、そんなに不満《ふまん》だったのか）

くわしい会話《かいわ》は聞《き》こえなかったけど、遠目《とおめ》に見《み》える雰囲気《ふんいき》からして仲《なか》よさげではないのはわかる。

（無理《むり》につきあわせて悪《わる》かったかな～）

そうしているうちに虎竹《こたけ》がくるりとふりむき、すたすたとこちらにやってきたと思《おも》ったら、「帰《かえ》る」と言《い》って本当《ほんとう》に店《みせ》を出《で》ていってしまった。

あんなに不満《ふまん》を顔《かお》に出《だ》すなんて、めずらしい。

やっぱり休日《きゅうじつ》に用事《ようじ》をいれたのが悪《わる》かったか。

（でも、おかげでセンセイとふたりきり～！）

と、一瞬《いっしゅん》はしゃいだけど、楽譜《がくふ》さがしは単独行動《たんどくこうどう》なのでセンセイとは終始《しゅうし》はなればなれ。

さすがにこれじゃデートって思《おも》えないよ～。

しかも結局《けっきょく》いい楽譜《がくふ》は見《み》つからず、店《みせ》を出《で》るころにはへとへとになってた。

「三人《さんにん》よれば文殊《もんじゅ》の知恵《ちえ》じゃないの～」

センセイの車《くるま》にのりこんでぼやいていると、

「少《すこ》しべつの角度《かくど》でさがしてみましょう」

センセイは車《くるま》を帰《かえ》り道《みち》とはちがう方角《ほうがく》へ走《はし》らせた。

（まさかデート!?　……な～んて思《おも》うほど、あたしも単純《たんじゅん》じゃないですよ）

きっとべつの音楽《おんがく》ショップだと思《おも》っていたら、センセイがつれてきてくれたのは、わりと大《おお》きなコンサートホールだった。

これからコンサートがひらかれるみたいで、ぞくぞくとお客《きゃく》さんがはいっていく。

かざられているポスターを見《み》ると、すごくきれいな女《おんな》の人《ひと》がピアノを弾《ひ》いている写真《しゃしん》といっしょに『SHU－CA《シューカ》 ピアノソロコンサート』と書《か》いてあった。

まさか……という期待《きたい》とともにセンセイを見《み》あげる。

「センセイ、これって……？」

「ちゃんとした音楽《おんがく》にふれるのもいいかなって」

センセイがぴらりとチケットを取《と》りだし、一枚《まい》わたしてくれる。

ふぉぉぉ、センセイがあたしのためにチケットを用意《ようい》してくれたなんて！

スキップしたい気持《きも》ちを必死《ひっし》におさえ、センセイのあとについて会場《かいじょう》にはいる。

いっしょにコンサートとか、これはかなりデートっぽいんじゃない⁉

クラシックとかよく知《し》らないけど、センセイのとなりで聴《き》けるなら格別《かくべつ》だよ～。

スキップどころかターンぐらいしたい気持《きも》ちで、先《さき》にすわったセンセイのとなりに座《すわ》ろ

うとしたとき、

「さまるんの席《せき》は、あっちね」

と、センセイは通路《つうろ》をはさんで三つ前《まえ》の席《せき》を指《ゆび》さした。

「え、バラバラですか!?」

「しかたないでしょ、急《きゅう》きょ取《と》ったチケットですから」

そんなぁっと不満《ふまん》を言《い》いたかったけど、会場《かいじょう》のブザーが鳴《な》り、暗《くら》くなりはじめたので、うなだれながらも前《まえ》の席《せき》へ急《いそ》いだ。


ピアノの演奏会《えんそうかい》ってきっと退屈《たいくつ》しちゃうんだろうな、とはじまる前《まえ》は思《おも》ってたけど、はじまったら予想外《よそうがい》にコンサートはおもしろかった。

ピアニストさん（ＳＨＵ－ＣＡ《シューカ》さんだっけ？）が弾《ひ》くピアノは、音色《ねいろ》がきれいで奥行《おくゆ》きがあって、物語《ものがたり》を見《み》てるみたい。

聴《き》いているうちにどんどん夢《む》中《ちゅう》になって、SHUーCA《シューカ》さんがピアノから立《た》ちあがったときは、まわりのお客《きゃく》さんに負《ま》けないくらい拍手《はくしゅ》をしてた。

立《た》ちあがったSHUーCA《シューカ》さんはマイクを持《も》つと、客席《きゃくせき》にむかってほほえんだ。

「みなさんこんにちは、秋香《しゅうか》です」

拍手《はくしゅ》が一段《いちだん》と大《おお》きくなる。

正面《しょうめん》から見《み》たSHUーCA《シューカ》さんは写真《しゃしん》よりずっと美人《びじん》だった。

SHUーCA《シューカ》さんはお客《きゃく》さんたちに来場《らいじょう》してくれたことのお礼《れい》や、近況《きんきょう》をかんたんに話《はな》すと、次《つぎ》の曲《きょく》の紹介《しょうかい》をはじめた。

「今回《こんかい》の帰国《きこく》は、古《ふる》い友人《ゆうじん》に伝《つた》えたいことがあったからでして、次《つぎ》の曲《きょく》は……その〝ユキちゃん〟に捧《ささ》げます」


コンサートが終《お》わっても、耳《みみ》の奥《おく》にSHUーCA《シューカ》さんのピアノの曲《きょく》が残《のこ》ってる。

特《とく》にユキちゃんに捧《ささ》げた曲《きょく》がとてもきれいで、無意識《むいしき》に鼻歌《はなうた》で歌《うた》っていたら、車《くるま》を運転《うんてん》していたセンセイが、ちらりと横目《よこめ》で見《み》ながら聞《き》いてきた。

「好《す》きなの？　ジュディマリ」

「あ、これジュディマリって曲《きょく》なんですか？」

「……いま、猛烈《もうれつ》に世代差《せだいさ》を感《かん》じましたよ」

センセイが言《い》うには、ジュディマリは「JUDY《ジュディ》 AND《アンド》 MARY《マリー》」というグループ名《めい》なんだって。そして、さっきの曲《きょく》は『Over《オーバー》 Drive《ドライブ》』というらしい。

センセイがカーステレオを操作《そうさ》すると、スピーカーから『Over《オーバー》 Drive《ドライブ》』が流《なが》れだす。

そうそう、この曲《きょく》！　なるほど、歌詞《かし》がつくとこういう感《かん》じなんだ。

「センセイも『Over《オーバー》 Drive《ドライブ》』、好《す》きなんですか？」

「……昔《むかし》、すすめられて」

「もしかして、またサイモンですか？」

冗談《じょうだん》で言《い》ったのに、センセイは否定《ひてい》しなかった。

ということは、あたり？

えへへ、こうやって少《すこ》しずつセンセイのことを知《し》っていけるってしあわせかも。

センセイがリピート設定《せってい》にしてくれたのか、カーステレオからは『Over Drive《オーバードライブ》』がずっと流《なが》れている。

夏《なつ》の空気《くうき》のなかを思《おも》いっきり走《はし》りぬけていくような曲《きょく》を、女性《じょせい》ボーカルの甘《あま》くて澄《す》んだ声《こえ》がのびやかに歌《うた》いあげている。

リピートで聴《き》いていてなんとなく歌詞《かし》も覚《おぼ》えられそうになったころ、車《くるま》が止《と》まった。

「はい、着《つ》きましたよ」

「へ？」

車窓《しゃそう》をみれば、見《み》なれた我《わ》が家《や》が建《た》っていた。

「え!?　これで終《お》わりですか!?」

「そうだけど？」

センセイは「なにか問題《もんだい》でも？」というようにクールな顔《かお》のまま。

そんなぁ、せっかくの休日《きゅうじつ》デートがこれで終《お》わりなんて！

あたしはバンッと両手《りょうて》をあわせてセンセイをおがんだ。

「そこをもうひと押《お》し！」

「…………」

センセイの小《ちい》さなため息《いき》とシートベルトを外《はず》す音《おと》が聞《き》こえて、あわせた両手《りょうて》のすき間《ま》からうかがうように、そうっと顔《かお》をあげると、

「!?」

センセイの顔《かお》が目《め》の前《まえ》に！　ち、近《ちか》い！

わ、わ、さらに近《ちか》づいてくる!!

「こ、こんなごほうびを〜〜!?」

「いや、ちがうから」

「へ？」

センセイは腕《うで》をのばし、あたしの体《からだ》をとおりこして助手席側《じょしゅせきがわ》のドアに手《て》をかける。

ドアがパカッとひらいた。

「ドア、あけただけ」

「……ですよね」

ちぇ、ぜったいハグしてくれると思《おも》ったのに……。

がっかりしつつ車《くるま》を降《お》り、センセイに頭《あたま》をさげた。

「送《おく》っていただき、どうもです……では、また学校《がっこう》で」

「……あ、待《ま》ってください。これ、忘《わす》れてますよ」

そう言《い》うと、センセイは助手席《じょしゅせき》からなにかを取《と》りあげた。

なにか忘《わす》れたっけ？


……って、センセイが持《も》ってるのはLOVE《ラブ》ノート!!


「LOVE《ラブ》研究《けんきゅう》ノート？」

「ひょわうひょえぇぇ!!」

ノートの表紙《ひょうし》を読《よ》みあげるセンセイに、声《こえ》にならない悲鳴《ひめい》をあげたけど、まったくもって抑止力《よくしりょく》にはならず、センセイは不思議《ふしぎ》そうにページをめくり、かたまった。

そして、ぱたんとノートを閉《と》じるとにっこりとほほえんだ。

「燃《も》やそうか、これ」

「ダメですーっ！」

あわてて車《くるま》の扉《とびら》をあけ、人生《じんせい》で一番《いちばん》のスピードでノートをうばい、抱《だ》きしめる。

「これはセンセイとあたしの愛《あい》の記録《きろく》なんですっ！」

好《す》きって自覚《じかく》してから毎日《まいにち》、センセイのことを書《か》きとめてきたんだからっ。

『今日《きょう》はセンセイと6回《かい》、目《め》が合《あ》った』とか『頭《あたま》ぽんぽんされた』とか『おとしてみなよって言《い》われた』とか、どれも重要《じゅうよう》なことばっかり！

日付《ひづけ》もばっちりはいっていて、いつだってセンセイとの愛《あい》のメモリーを思《おも》いだせる、大《だい》事《じ》なノートなんだからっ。

「いや、記録《きろく》じゃないものもありましたよ。とくに最後《さいご》の……」

センセイがノートを指《ゆび》さし、げっそりとした顔《かお》で言《い》う。

最後《さいご》？　あたしはノートの一番最後《いちばんさいご》のかきこみのページをひらいた。

そこにかいてあるイラストを見《み》て、たしかに……とつぶやく。

たしかにこれは記録《きろく》じゃない。でも超重要《ちょうじゅうよう》ページだよ。

あたしはセンセイに見《み》えるようにノートをひらいた。

「これはイメトレです」

「……イメトレ？」

「はい！」

「……なんの？」


「もちろん、ファーストチッスです！」


あたしはわかりやすいようにイラスト――センセイが片《かた》ひざをついてあたしの手《て》にキスをしている！――を指《ゆび》さしながら解説《かいせつ》した。

「まずはセンセイが手《て》の甲《こう》にキスして『愛《あい》してる。もうはなさない』か～ら～の、キッスってのが、理想《りそう》のファーストキッスなんです！」

どうよ、この細部《さいぶ》までねりにねったシチュエーション！

自分《じぶん》で自分《じぶん》の頭《あたま》をぽんぽんしてほめたいぐらい未来像《みらいぞう》を作《つく》りあげたのに、センセイはひどい真顔《まがお》で、

「へえ……」

としか言《い》ってくれなかった。

いいんだ、いまはこういう態度《たいど》とられても。

いつかはぜったい好《す》きになってもらうんだから！

あたしはノートを抱《だ》きしめて、もう一度《いちど》頭《あたま》をさげた。

「今日《きょう》は本当《ほんとう》にありがとうございました。センセイといっしょにいられて、めっちゃくちゃしあわせでした！」

それにビビッと来《く》る曲《きょく》にも出会《であ》いましたしね、と言《い》うと、センセイはやっぱり真顔《まがお》で首《くび》をかしげていた。

週明《しゅうあ》け、クラスのみんなに合唱曲《がっしょうきょく》を発表《はっぴょう》した。

『Over《オーバー》 Drive《ドライブ》』

参考《さんこう》の音源《おんげん》も流《なが》してみたら、やっぱり評判《ひょうばん》がよくて、放課後《ほうかご》の練習《れんしゅう》にも人《ひと》が集《あつ》まりはじめた。

ちなみにセンセイは伴奏《ばんそう》から指揮者《しきしゃ》にかわった（説得《せっとく》がんばった！）。

とりあえず芸術祭《げいじゅつさい》に間《ま》にあいそうでほっとする。

でもぜんぜんほっとできない案件《あんけん》も、あるんだよね……。

芸術祭《げいじゅつさい》の練習《れんしゅう》が本格的《ほんかくてき》にはじまって、詩乃《しの》や夏穂《かほ》だけでなく、ほかの女子生徒《じょしせいと》もセンセイとの距離《きょり》が近《ちか》づきだしちゃったんだよ。

これはこれで油断《ゆだん》できない事態《じたい》。

なんとかしなくては!!


「後夜祭《こうやさい》キッス、ですか？」

合唱《がっしょう》の練習後《れんしゅうご》、練習用《れんしゅうよう》に借《か》りたプレイヤーをセンセイといっしょにかえしにいく途中《とちゅう》、思《おも》いきって聞《き》いてみたんだけど、センセイは怪訝《けげん》そうに首《くび》をかしげるだけだった。

「知《し》らないんですか？　うちの学校《がっこう》の伝説《でんせつ》ですよ」

うちの学校《がっこう》では、芸術祭《げいじゅつさい》の終《お》わりに校舎《こうしゃ》にプロジェクション・マッピングが投影《とうえい》される。

その校舎《こうしゃ》の前《まえ》でカップルがキスをすると――。

「カップルは永遠《えいえん》に結《むす》ばれて……」

「しないからね、キス」

センセイが最後《さいご》まで聞《き》かないうちに断《ことわ》ってきた。

ちぇっ、やっぱりダメか。

あまりにも進展《しんてん》しないから、ここは伝説《でんせつ》の力《ちから》を借《か》りようと思《おも》ったのに。

「だいたいプロジェクション・マッピングってできたの最近《さいきん》でしょ。伝説《でんせつ》っていうほど歴《れき》史《し》はないのでは……」

「あ、昔《むかし》はキャンプファイヤーだったらしいんですけど変更《へんこう》になったらしくて」

「適応力《てきおうりょく》の高《たか》い伝説《でんせつ》だな」

センセイがあきれたように笑《わら》う。わぁ、そんな顔《かお》もかっこいいよ～。

「あ～あ、伝説《でんせつ》ならいけるかと思《おも》ったのになぁ」

「ん？　なぜいけると思《おも》った？」

そんなことを話《はな》しながら歩《ある》いていたときのことだった。

とつぜん、センセイが足《あし》を止《と》めた。

そして、すごくおどろいた顔《かお》で前方《ぜんぽう》を見《み》つめた。

「センセイ？」

あたしもつられて前《まえ》を見《み》ると、となりの校舎《こうしゃ》へむかって歩《ある》きさる女《おんな》の人《ひと》の背中《せなか》が見《み》えた。

見《み》たことのないうしろ姿《すがた》だな……と思《おも》ったときには、センセイはかけだして、女《おんな》の人《ひと》の腕《うで》をつかんでいた。

「なんで……」

センセイの聞《き》いたこともないほど動揺《どうよう》した声《こえ》。

腕《うで》をつかまれて、女《おんな》の人《ひと》がふりむく。

髪《かみ》の長《なが》い、きれいな人《ひと》――（あれ、見《み》たことがあるような……）。

「なんででしょう？」

女《おんな》の人《ひと》はセンセイにほほえむ。
まるで昔《むかし》から知《し》ってるかのように親《した》しげに。
(思《おも》いだした！　この人《ひと》、ピアノを演奏《えんそう》していた人《ひと》だ！)
なんでピアニストが学校《がっこう》に？　まさかセンセイと知《し》りあいなの⁉
混乱《こんらん》するあたしに、ピアニストさんはにっこりとほほえんだ。
「ユキちゃんの生徒《せいと》さんかな？　はじめまして、柴門秋香《さいもんしゅうか》です」
さいもんしゅうか……サイモン⁉
瞬間《しゅんかん》、記憶《きおく》が高速回転《こうそくかいてん》で巻《ま》きもどり、センセイの部屋《へや》で見《み》た写真立《しゃしんた》てを思《おも》いだす。
写真《しゃしん》に写《うつ》っていたのは、センセイ、ガチムチ……そしてきれいな女《おんな》の人《ひと》。

まさかサイモンってこの人《ひと》ぉぉぉぉ⁉

7 サイモン襲来《しゅうらい》！

サイモンこと柴門秋香《さいもんしゅうか》さんが講堂《こうどう》の舞台《ぶたい》にのぼると全生徒《ぜんせいと》がどよめいた。

――すべて予想《よそう》どおりに。

「二週間《しゅうかん》という本当《ほんとう》に短《みじか》い間《あいだ》ですが、よろしくお願《ねが》いします」

秋香《しゅうか》さんが奏《かな》でるピアノの音《おと》みたいにきれいな声《こえ》でのあいさつ。

「秋香先生《しゅうかせんせい》って呼《よ》んでね」

そして、きわめつけのスマイル！

「秋香《しゅうか》せんせ〜〜い！」

男子生徒全員《だんしせいとぜんいん》の骨抜《ほねぬ》きになった声《こえ》が講堂《こうどう》にこだまするのも予想《よそう》どおり。

「自己紹介《じこしょうかい》30秒《びょう》で、人気教師《にんききょうし》の仲間入《なかまい》りってか？」

アオちんがおもしろがるのも、うん、わかってた。

わかってたよっ！

あんなきれいな先生《せんせい》が、二週間限定《しゅうかんげんてい》とはいえ臨時《りんじ》で来《き》てくれたら、だれだってうれしいよね!?

フランスで活躍《かつやく》する現役《げんえき》のピアニストだもんねっ、キャリアだって華々《はなばな》しいし、なにより美人《びじん》だしっ。

あたしだって、学校《がっこう》にあんなきれいな先生《せんせい》がいたら、楽《たの》しくなっちゃうよっ。

ただし、秋香先生《しゅうかせんせい》がサイモンでなかったらね!!

センセイといっしょにフランスに留学《りゅうがく》ってどんだけ？　どんだけ仲《なか》いいの？

いまだって、舞台《ぶたい》をおりた秋香先生《しゅうかせんせい》はさりげなくセンセイとならんで、小声《こごえ》でなにか話《はな》してるし！

「親密《しんみつ》そうだねぇ」

「アオちん、わかってることわざわざ言《い》わないでよ〜！」

ななめ前《まえ》の座席《ざせき》にすわるアオちんに抗議《こうぎ》すると、アオちんは「これは失礼《しつれい》」とおどけてあやまる。

その間《あいだ》もセンセイたちはなにやら親《した》しげで……。

あ！　いま、秋香先生《しゅうかせんせい》がセンセイのネクタイ直《なお》した！

いいなぁ、あたしだってやってみたいっ！

やばい。すでに燃《も》えあがるジェラシイに体《からだ》がこげそうなんだけど。

これ以上《いじょう》ふたりがなかよくしてるのを見《み》た日《ひ》にゃ、あたしの体《からだ》は灰《はい》になる。

なんとしてもふたりがいっしょにいないようにしなきゃっ！


「うっそ、秋香先生《しゅうかせんせい》が伴奏《ばんそう》してくれんの!?」

「みんながよければ、だけどね」

「大歓迎《だいかんげい》以外《いがい》のなにものでもないっしょ！」

放課後《ほうかご》の音楽室《おんがくしつ》でピアノの前《まえ》にすわった秋香先生《しゅうかせんせい》にクラスメイトたちがうれしそうに話《はな》しかけてる。

秋香先生《しゅうかせんせい》がうちのクラスの合唱曲《がっしょうきょく》を伴奏《ばんそう》することに決《き》まった瞬間《しゅんかん》、でした。

（どうしてこうなるのよ――っ！）

ふたりがいっしょにいないようにしなきゃって思《おも》ってたのに、伴奏《ばんそう》になったってことは、これから放課後《ほうかご》ずーっといっしょってことじゃん！

あたしは近《ちか》よりがたくて、ピアノを囲《かこ》むみんなのうしろで、うろうろする。

だって、ピアノのそばには我《われ》らが指揮者《しきしゃ》、センセイも立《た》っているから。

「ねえ、この曲《きょく》ってユキちゃんが？」

秋香先生《しゅうかせんせい》が楽譜《がくふ》を確認《かくにん》しているセンセイに話《はな》しかけた！

「学校《がっこう》では弘光先生《ひろみつせんせい》ね」

「はいはい」

「そこーっ、親《した》しげに話《はな》すのやめーい!!」

って、さけべたら楽《らく》なんだけど、言《い》えるわけない。

でもでも、こんな近《ちか》くであんななかよさげなの見《み》せつけられたら、平気《へいき》ではいられない。

メラメラと燃《も》えあがったジェラシイに焼《や》かれてあたしは灰《はい》になった……。

——って、死《し》んでたまるかっ！

「センセイの嘘《うそ》つき――っ！」

燃《も》えさかるジェラシイから不死鳥《ふしちょう》のように復活《ふっかつ》したあたしは、だれもいない数学準備室《すうがくじゅんびしつ》に忍《しの》びこみ、さけびながら黒板《こくばん》にほとばしる思《おも》いをでかでかと書《か》いた。

「センセイのう、う……う？」

あれ、ウソって漢字《かんじ》、どう書《か》くんだっけ？　チョークをつまんだ手《て》がとまったとき、

「漢字《かんじ》もまともに書《か》けないんですか？」

「ひよわぁ！」

あわててふりむくと、センセイが腕組《うでぐ》みをして立《た》っていた。

いつの間《ま》にはいって来《き》たの!?

「あと、嘘《うそ》つきでもないですよ」

センセイのいつもの涼《すず》しい顔《かお》がにくらしい。

「だって、サイモンはガチムチじゃないって教《おし》えてくれなかったじゃないですか！」

「さまるんが勝手《かって》にかんちがいしてただけでしょ」

うっ！　たしかにそうだけど……。

ガチムチと仲《なか》よくしてるセンセイと、秋香先生《しゅうかせんせい》とならんでる先生《せんせい》を想像《そうぞう》するのじゃ、わきあがる感情《かんじょう》がぜんぜんちがう。

「あんな美人《びじん》お姉《ねえ》さまとの幼《おさな》なじみエピソードなんて……。嫉妬《しっと》しそこねました」

むぅとにらみあげると、センセイはやれやれというように小《ちい》さく息《いき》をついた。

「……嫉妬《しっと》するのは勝手《かって》ですけど、あいつとはべつにそういうんじゃないので」

「えっ、ホントですか⁉」

確認《かくにん》するようにつめよると、センセイは「はいはい」と頭《あたま》をぽんぽんしてくれた！

頭《あたま》のてっぺんに残《のこ》るセンセイの感触《かんしょく》に、もんもんとしていた胸《むね》のなかが一気《いっき》にしあわせ色《いろ》にかわっちゃう。

だからセンセイに「黒板《こくばん》、消《け》してくださいね」と言《い》われたら「はいっ！」と即答《そくとう》して、すぐにはじめた。

そっかそっかぁ。秋香先生《しゅうかせんせい》とは昔《むかし》からの友《とも》だちってだけかぁ。

だったら心配《しんぱい》する必要《ひつよう》ナッシングな感《かん》じじゃない？

もしもあのレベルがライバルだったら、かなりヤバめだと思《おも》ってたんだよねー。


「いや、ヤバイだろ」

翌朝《よくあさ》。登校《とうこう》したアオちんにセンセイとの話《はなし》をすると、アオちんは眉《まゆ》をひそめた。

「え、なんで？　だってセンセイはなんともないって……」

「そういうのが一番《いちばん》あぶないんだって」

「そうなの!?」

「そうなんだよ。だいたい敵《てき》がなに者《もの》か知《し》ってるのか？」

敵《てき》って……秋香《しゅうか》先生《せんせい》のことだよね？　知《し》ってるってなにを？

意味《いみ》がわからずにいると、アオちんはサッとスマホを見《み》せてきた。

「柴門《さいもん》秋香《しゅうか》。インスタのフォロワー数《すう》は10万《まん》越《ご》えの、いま注目度《ちゅうもくど》ナンバー1《ワン》のピアニスト。

高校《こうこう》を卒業《そつぎょう》と同時《どうじ》にフランスにわたってピアノを学《まな》び、繊細《せんさい》さと大胆《だいたん》さをあわせもった演《えん》奏《そう》が音楽《おんがく》を愛《あい》するフランス人《じん》にも強《つよ》く支持《しじ》されている、とこ——ウィキペディアにのっている」

「ウィキにのってんの⁉　超有名人《ちょうゆうめいじん》じゃん！」

「そうだよ。そんな雲《くも》の上《うえ》の存在的《そんざいてき》な女《おんな》、つまり天女《てんにょ》だ」

「天女《てんにょ》‼」

「天女《てんにょ》が地上《ちじょう》に降《お》りてきたら、男《おとこ》はどうする⁉」

「……おがむ？」

「たわけっ。天女《てんにょ》が降《お》りてきたら結婚《けっこん》すんのがジャパニーズメンだ！」

「えええ——っっ‼　でも、センセイにかぎってそんなことは……」

「ないと言《い》いきれるのか？　あんな親《した》しげで」

アオちんの言葉《ことば》とともに、昨日《きのう》のセンセイと秋香先生《しゅうかせんせい》の仲《なか》よさげな様子《ようす》が思《おも》いだされた。

ひさしぶりに再会《さいかい》した幼《おさな》なじみが天女《てんにょ》だったら……？

「そんなの、ほれるのが秒読《びょうよ》みじゃん⁉　どうしよ、アオちん！」

助《たす》けて、とアオちんにすがりつくと、アオちんはきらんと目《め》を光《ひか》らせた。

「敵《てき》を駆逐《くちく》するための第一歩《だいいっぽ》……まずは敵《てき》を知《し》ることだ！」

♥

アオちんのアドバイスにしたがって、あたしは秋香先生《しゅうかせんせい》の身辺調査《しんぺんちょうさ》をはじめた。

だけど、知《し》れば知《し》るほど、秋香先生《しゅうかせんせい》のレベルの半端《はんぱ》なさが容赦《ようしゃ》なくおそいかかってくる。

だってきれいで、色気《いろけ》があって、フランス語《ご》も話《はな》せて、料理《りょうり》もできて、スタイルよくて、声《こえ》もよくて、ピアノが上手《じょうず》で、気《き》づかいもできるんだよ！

やばい、ひとつひとつあげてるだけで頭痛《ずつう》がしてきた……。

（勝《か》てる要素《ようそ》が見《み》あたらないよぉ……）

あたしは秋香先生《しゅうかせんせい》のとなりでため息《いき》をついた。

身辺調査《しんぺんちょうさ》のために、お昼《ひる》をいっしょにって誘《さそ》ったんだけど、お弁当《べんとう》を食《た》べる所作《しょさ》まできれいで、とことんたたきのめされる。

「大丈夫《だいじょうぶ》、あゆはちゃん？」

「あ、はい、大丈夫《だいじょうぶ》ですっ！」

小《ちい》さなため息《いき》ひとつ聞《き》きのがさず気《き》づかいも忘《わす》れない。

マジパーフェクトヒューマン。

てか、もうマジ天女《てんにょ》。マジ天使《てんし》。

打《う》ちのめされてるあたしを休《やす》ませようと思《おも》ってくれたのか、テーブルの正面《しょうめん》にすわった虎竹《こたけ》が秋香《しゅうか》先生《せんせい》に話《はな》しかける。

「先生《せんせい》、それで、さっきの話《はなし》のつづきですけど、なんでユキちゃんなんすか？」

「ああ、それね。弘光《ひろみつ》先生《せんせい》の名前《なまえ》の由貴《よしたか》が、ユキって読《よ》めるでしょ？」

秋香《しゅうか》先生《せんせい》がテーブルに指《ゆび》で『由貴《よしたか》』と書《か》く。うわーん、板書《ばんしょ》の字《じ》まできれいそう！

「だからユキちゃん。昔《むかし》からのくせっていうか、私《わたし》のことサイモンって呼《よ》ぶから、その仕《し》返《かえ》しかな？」

ふふ、と秋香《しゅうか》先生《せんせい》がほほえんだとき、テーブルのわきに置《お》いていた先生《せんせい》のポーチからスマホのふるえる音《おと》がした。

「あ、ごめんなさい」

先生《せんせい》はポーチを手《て》に取《と》ると、なかに入《い》れたままでスマホをちらりと確認《かくにん》した。

「出《で》なくていいんですか？」

虎竹《こたけ》のとなりに座《すわ》ったアオちんが聞《き》く。

「うん。マネージャーからだったから」

ママママ、マネージャー⁉　ホント別世界《べっせかい》の人《ひと》だ……。

「今回《こんかい》の帰国《きこく》はスケジュールとか、かなり無理《むり》をお願《ねが》いしたから、なにかとうるさくて……。でも、どうしてもゆずれなかったの」

そう言《い》った秋香先生《しゅうかせんせい》の顔《かお》はすごく真剣《しんけん》で、いつものふんわりとした印象《いんしょう》とは少《すこ》しちがっていた。

またスマホがふるえた。

秋香先生《しゅうかせんせい》は今度もスマホを取《と》りださずに確認《かくにん》だけする。

その手元《てもと》をなにげなく見《み》ていたら……。

「ペンギン⁉」

「え？」

あたしの声《こえ》に秋香先生《しゅうかせんせい》がおどろいた顔《かお》でこちらを見《み》る。

やばっ、思《おも》わずさけんじゃった。

「あ、あのっ、それっ、かわいい、ですね」

取《と》りつくろうようにしどろもどろになりながらポーチのなかを指《ゆび》さす。

「これ？　友《とも》だちとおそろいなんだ」

秋香先生《しゅうかせんせい》が取《と》りだしたのは、見覚《みおぼ》えのあるかわいいペンギンのキーホルダー。

「友《とも》だちと言《い》いつつぅ、じつは……？」

アオちんがニヤリと笑《わら》うと、秋香先生《しゅうかせんせい》もふわりと、とてもうれしそうにほほえんだ。

「バレたか。初恋《はつこい》の人《ひと》との思《おも》い出《で》がつまってるんだ」


「嘘《うそ》つき――――っ!!」

悲鳴《ひめい》に近《ちか》い声《こえ》でさけびながら夕焼《ゆうや》けにそまる数学準備室《すうがくじゅんびしつ》に突入《とつにゅう》すると、センセイはギョッとした顔《かお》でかたまった。

「なんですか、いきなり……」

「大切《たいせつ》そうに持《も》っていらっしゃいましたよ、ペンギン!!」

センセイは一瞬《いっしゅんかん》考《が》えるように首《くび》をかしげ、思《おも》いあたったのか「ああ……あれか」とあきれたように言《い》った。

あれか、じゃなーいっ！　おそろいのキーホルダーって、なんてウラヤマ！

しかもそれだけじゃない。

「ピアノのコンサートで秋香先生《しゅうかせんせい》がしゃべってた〝ユキちゃん〟って、センセイのことですよね!?」

「…………」

「秋香先生《しゅうかせんせい》って、やっぱり弘光《ひろみつ》センセイの……」

「そういうんじゃないって言《い》いませんでしたっけ」

センセイの声《こえ》にイライラがふくまれていたのがわかった。

でも、一度《いちど》不安《ふあん》になった心《こころ》はぜんぶ聞《き》くまで止《と》まらない。

「だって！　秋香先生《しゅうかせんせい》は初恋《はつこい》の人《ひと》とおそろいって」

「じゃあそれでいいですよ」

「え!?」

センセイが立《た》ちあがり、あたしをつめたく見下《みお》ろす。

クールな顔《かお》じゃなくて、いままで一度《いちど》も見《み》たことのなかったような顔《かお》で。

「俺《おれ》の言《い》ったこと信《しん》じないなら勝手《かって》にかんぐればいいです。そのかわりあたり散《ち》らしたりするのは、やめてもらっていいですか」

息《いき》ができない。

体中《からだじゅう》の血《ち》がこごえたように体《からだ》がつめたくなった、とき。

「ユキちゃん、おまたせ〜」

楽譜《がくふ》を持《も》った秋香先生《しゅうかせんせい》がはいってきた。

秋香先生《しゅうかせんせい》はあたしとセンセイを順《じゅん》に見《み》て、少《すこ》しとまどうように眉《まゆ》をよせた。

「あれ……お取《と》りこみ中《ちゅう》？」

「いえ、もう終《お》わりました」

「‼」

センセイが拒絶《きょぜつ》するようにあたしからはなれていく。

これ以上《いじょう》なにか言《い》ったら、ぜったい嫌《きら》われる。

数学準備室《すうがくじゅんびしつ》を出《で》る選択肢《せんたくし》しか、あたしには残《のこ》されてなかった。

「……しょうがないじゃないですか」

準備室《じゅんびしつ》を出《で》ようとしていた足《あし》が止《と》まって、勝手《かって》に口《くち》が動《うご》く。

これ以上言《いじょうい》ったら、嫌《きら》われるってわかってる。

でも、あたしがこのまま出《で》ていったら、秋香先生《しゅうかせんせい》とセンセイはふたりきり。それを想像《そうぞう》したら――。

あたしがふりかえると、ちょうどこっちを見《み》たセンセイと目《め》が合《あ》った。

「だから、しょうがないじゃないですか！」

「え？」

「センセイが好《す》きなんだから！」


ぎょっとかたまるセンセイにズカズカと近《ちか》づき、ぐいっとにらみあげる。

「こんなきれいな幼《おさな》なじみがあらわれたら、かんぐるに決《き》まってるじゃないですか！　不《ふ》安《あん》でこわくて、イラつくに決《き》まってるじゃないですか、好《す》きなんだから！」

「……さまるん、落《お》ち着《つ》いて」

センセイが、とまどってます、という大人《おとな》の顔《かお》をする。

どうしてそうやって線《せん》引《び》きすんだよ!?

「落《お》ち着《つ》けるわけないでしょ！　こちとらセンセイが大《だい》大《だい》大《だい》好《す》きでずっと胸《むね》**ボンババぼん**なんですよー!!」

さけんだ直《ちょく》後《ご》、「失《しつ》礼《れい》しやしたっ」と頭《あたま》をさげて数《すう》学《がく》準《じゅん》備《び》室《しつ》から逃《に》げるように走《はし》りでた。

センセイの顔《かお》は見《み》られなかった。こわくて。

言《い》わずにはいられなかったのに、後《こう》悔《かい》ばかりが押《お》しよせてくる。

気《き》づくと牛丼屋《ぎゅうどんや》で牛丼《ぎゅうどん》を食《た》べていた。

(無意識《むいしき》の行動《こうどう》ってこわいな……)

空《から》になった丼《どんぶり》をかさね、つぎの丼《どんぶり》にはしをつけながら、ため息《いき》をつく。

自分《じぶん》の感情《かんじょう》ばっかり押《お》しつけて、嫌《きら》われたらどうしよう。

(いや、もう嫌《きら》われてるかも……)

涙《なみだ》があふれそうになるのを必死《ひっし》にこらえ、牛丼《ぎゅうどん》をかっこんでいると、となりにだれかがすわった。

「ねぎ玉牛丼《たまぎゅうどん》、ねぎ多《おお》め」

「!?」

ぐふっと米粒《こめつぶ》にむせながらとなりを見《み》ると、さっきまで数学準備室《すうがくじゅんびしつ》にいたセンセイが涼《すず》しい顔《かお》ですわっていた。

「なななななっ!?」

「静《しず》かに。ここは食事《しょくじ》をするところです」

センセイはこちらを見《み》ずに言《い》った。

「話《はなし》のつづきは食《た》べてからにしましょう」


牛丼屋《ぎゅうどんや》を出《で》ると、外《そと》はすっかり暗《くら》かった。

夜道《よみち》をセンセイとならんで歩《ある》きながらも気《き》まずくてだまっていると、意外《いがい》にもセンセイから話《はな》しはじめた。

「……俺《おれ》、誕生日《たんじょうび》に算数《さんすう》ドリルを欲《ほ》しがる子《こ》どもでさ。学校《がっこう》のやつらからはもちろん、まわりにもへんな子《こ》あつかいされてた」

センセイは静《しず》かに昔《むかし》の話《はなし》をしてくれた。

周囲《しゅうい》からういていたセンセイの唯一《ゆいいつ》の友《とも》だちが秋香先生《しゅうかせんせい》だったこと。

ピアノが好《す》きだった秋香先生《しゅうかせんせい》の影響《えいきょう》で音楽《おんがく》にも興味《きょうみ》が持《も》てたこと。

夢《ゆめ》を追《お》って一歩一歩《いっぽいっぽ》進《すす》んでいく秋香先生《しゅうかせんせい》においつこうと必死《ひっし》に勉強《べんきょう》したこと。

「けど、さきに夢《ゆめ》に近《ちか》づいたのは秋香《しゅうか》だった。あいつがフランスに行《い》くのを見送《みおく》るとき、あのペンギンを買《か》いあったんだ。弱気《よわき》になったとき、おたがいを思《おも》いだせるように」

そこまで語《かた》ると、センセイはちょっと言葉《ことば》をきった。

それから、少《すこ》しだけ自嘲《じちょう》するように目《め》を細《ほそ》めると、

「でも、俺《おれ》は、自分《じぶん》の限界《げんかい》を知《し》るのがこわくなって逃《に》げだしてしまったんだけどね」

どこかさびしげな声《こえ》で言《い》うと、センセイは足《あし》を止《と》めてあたしのほうをむく。

「そんな俺《おれ》を心配《しんぱい》して、秋香《しゅうか》は日本《にほん》に帰《かえ》ってきたんだ。秋香《しゅうか》はそんなやさしくて強《つよ》くて大《たい》切《せつ》な幼《おさな》なじみです」

センセイがまっすぐにあたしを見《み》つめる。

なんでだろう。

いままでで一番《いちばん》、センセイがあたしにむきあってくれてる気《き》がする。

「なんで、あたしにそんな話《はなし》を……？」

「……あんなまっすぐぶつかられたら、ちゃんと話《はな》すのが筋《すじ》でしょ」

そう言《い》うと、センセイはまた歩《ある》きだした。

あたしもならんで歩《ある》く。

「あいつも安心《あんしん》したんじゃないかな、俺《おれ》が案外《あんがい》、教師《きょうし》を楽《たの》しんでるってわかって」

「え、センセイ、楽《たの》しんでたんですか⁉」

かなり消極的《しょうきょくてき》なイメージだったから意外《いがい》なんですけど！

センセイを見《み》あげると、センセイはクールに口《くち》のはしだけで笑《わら》った。

「まぁ思《おも》ってたより退屈《たいくつ》しないし」

「それってあたしのおかげですか⁉」

「……調子《ちょうし》のらない」

つん、とセンセイの指《ゆび》があたしの額《ひたい》をつつく。

照《て》れかくし⁉　それとも本心《ほんしん》⁉（たぶん本心《ほんしん》だよね……）

あたしは「ですよね～」と額《ひたい》をさすりながら笑顔《えがお》で答《こた》えた。

でもね、これ、愛想笑《あいそわら》いじゃないよ？

センセイがあたしにむきあってくれた。

それがうれしくて、心《こころ》からの笑顔《えがお》だったの。

そしてむかえた芸術祭当日《げいじゅつさいとうじつ》！

なんだかんだでクラスのみんなは一致団結《いっちだんけつ》していた。

発表《はっぴょう》までまだ時間《じかん》があるのに、教室《きょうしつ》に集《あつ》まって各《かく》パートで自主的《じしゅてき》に練習《れんしゅう》したりしてる。

そうしているうちにアオちんが「最後《さいご》にもう一度《いちど》、全員《ぜんいん》で練習《れんしゅう》しておいたほうがよくない？」と言《い》いだしたので、あたしはセンセイたちを呼《よ》びにひとりで職員室《しょくいんしつ》へむかった。

校内《こうない》はだれもが芸術祭《げいじゅつさい》でうきうきしてた。

練習《れんしゅう》の成果《せいか》を見《み》せるってのもあるけど、やっぱりヒソヒソと話《はな》されているのは、プロジェクション・マッピングの伝説《でんせつ》！

あたしも今夜《こんや》こそ既成事実計画《きせいじじつけいかく》（ブチュっとかましちゃえば、キスしたんだし恋人《こいびと》になるしかないよねって計画《けいかく》！）を成功《せいこう》させるために、10パターンほど計画《けいかく》をねってLOVE《ラブ》ノートに書《か》きとめてある。

（まずは17時半《じはん》にセンセイを呼《よ》びだして……）

そんなことを考《かんが》えながら職員室《しょくいんしつ》にはいると、なんだかいつもと様子《ようす》がちがう。

先生《せんせい》たちの姿《すがた》が見《み》あたらない。

（あれ？　センセイは……？）

きょろきょろと見《み》まわすと、職員室《しょくいんしつ》の奥《おく》にある黒板《こくばん》の前《まえ》に、おおぜいの先生《せんせい》たちが集《あつ》まっていた。

その中心《ちゅうしん》でセンセイが黒板《こくばん》になにか数式《すうしき》らしきものを書《か》いている。

いままでに見《み》たことのないぐらい、真剣《しんけん》なセンセイの顔《かお》。

「プロジェクション・マッピングのプロジェクターが一台《だい》こわれちゃったんだって」

とつぜんの声《こえ》におどろいて横《よこ》を見《み》ると、そこにはいつの間《ま》にか秋香先生《しゅうかせんせい》が立《た》っていた。

「え、こわれた……!?」

「そう。それで、いまあるプロジェクターでできるよう計算《けいさん》してるんだ。ユキちゃんの得《とく》意分野《いぶんや》だから」

秋香先生《しゅうかせんせい》はそう言《い》うとセンセイのほうを見《み》つめた。

（センセイを見《み》る秋香先生《しゅうかせんせい》の横顔《よこがお》って、なんだか――）

「すごかったよね、昨日《きのう》の佐丸《さまる》ちゃん」

くるりとこっちを見《み》て言《い》う秋香先生《しゅうかせんせい》に、あたしは恥《は》ずかしくなって思《おも》わず下《した》をむいた。

「あ、あれはっ、ちょっと暴走《ぼうそう》しすぎました……」

「ううん、かっこよかった」

意外《いがい》な言葉《ことば》に「え」と顔《かお》をあげると、

「奇跡《きせき》が起《お》きるとしたら、きっとそれは行動《こうどう》を起《お》こした人《ひと》に起《お》きるんだろうなって思《おも》う」

「……秋香先生《しゅうかせんせい》？」

「私《わたし》もユキちゃんが好《す》き」

ぐわんと頭《あたま》がゆれた。

秋香先生《しゅうかせんせい》がセンセイを好《す》き――？

「彼《かれ》を幸《しあわ》せにしたい……こんなこと言《い》われても困《こま》るだろうけど、自分《じぶん》に素直《すなお》になれたのは、佐丸《さまる》ちゃんのおかげだから」

おかげってなにが？　意味《いみ》がわからないよ。

なにか言《い》いたいのに、言《い》いかえしたいのに、口《くち》のなかから急速《きゅうそく》に水分《すいぶん》が消《き》えて声《こえ》が出《で》ない。

秋香先生《しゅうかせんせい》はもう一度《いちど》、センセイを見《み》つめた。

その横顔《よこがお》にはっとする。

（そうか、さっき気《き》になったのは……）

秋香先生《しゅうかせんせい》の表情《ひょうじょう》はすごく大切《たいせつ》な、とっても大好《だいす》きな人《ひと》を見《み》つめる顔《かお》だった。

秋香先生《しゅうかせんせい》は愛《いと》おしげに目《め》を細《ほそ》める。

「ユキちゃんが書《か》いてた論文《ろんぶん》、フィールズ賞《しょう》も夢《ゆめ》じゃないって言《い》われてたんだよ」

フィールズ賞《しょう》って？　と疑問《ぎもん》に思《おも》っていると、秋香先生《しゅうかせんせい》は悲《かな》しげに眉《まゆ》をよせた。

「〝夢《ゆめ》をあきらめる〟って、言葉《ことば》にしたらかんたんだけれど、心《こころ》はちがうのよ。夢《ゆめ》に真剣《しんけん》にむきあってきたぶんだけ、心《こころ》は深《ふか》い傷《きず》を負《お》うの。後悔《こうかい》や自己嫌悪《じこけんお》でずっと自分《じぶん》を責《せ》めつづけてしまう」

私《わたし》も夢《ゆめ》につまずいたことがあるから、よくわかるの。

小《ちい》さくつぶやくと、秋香先生《しゅうかせんせい》は一度《いちど》まぶたを閉《と》じて、あたしにむきなおった。

そして、まっすぐにあたしにむけて言《い》った。

「私《わたし》、ユキちゃんをフランスにつれて帰《かえ》る。……彼《かれ》にふさわしい場《ば》所《しょ》に」

「そっ……こ、困《こま》ります」

渇《かわ》ききった口《くち》を一生懸命《いっしょうけんめい》動《うご》かして、必死《ひっし》に言葉《ことば》を発《はっ》する。

けれど、かえってきたのは——。

「……困《こま》るのは佐丸《さまる》ちゃんだけだよね？」

「!!」

「自分《じぶん》が苦《くる》しいからって、相手《あいて》の幸《しあわ》せじゃましていいのかな？」

ずしんと体《からだ》が重《おも》くなった。

足《あし》の裏《うら》を地面《じめん》にぬいとめられたように一歩《いっぽ》も動《うご》けない。

足《あし》だけじゃなく、体《からだ》も動《うご》かない、と思《おも》ったとき。

わぁぁと歓声《かんせい》と拍手《はくしゅ》が、黒板《こくばん》のほうから聞《き》こえた。

反射的《はんしゃてき》に体《からだ》が動《うご》き、そっちを見《み》ると、先生《せんせい》たちの輪《わ》のなかでセンセイが黒板《こくばん》の数式《すうしき》を指《ゆび》で示《しめ》しながら、なにか言《い》っている。

どうやらプロジェクターをうつすための数式《すうしき》が解《と》けたみたい。

すごい、そんな数式《すうしき》ってあるんだ。

——そしてセンセイは、そんな数式《すうしき》を解《と》けちゃう人《ひと》なんだ。

センセイをかこんでいた先生《せんせい》たちは、「おつかれさま」「ありがとう」とか言《い》って、いそいそと準備《じゅんび》に動《うご》きだした。

そのなかでセンセイはじっと数式《すうしき》の書《か》かれた黒板《こくばん》を見《み》ている。

はじめて見《み》る満足《まんぞく》そうな横顔《よこがお》。

「ユキちゃんのあの顔《かお》、好《す》きなの」

「！」

秋香先生《しゅうかせんせい》はそう言《い》うと、センセイのほうへ歩《ある》いていった。

ふたりがなにかを話《はな》しはじめる。

それを見《み》ていたら、苦《くる》しくて——。

あたしは重《おも》い体《からだ》をひきずるようにして、教室《きょうしつ》にもどった。

しばらくしてセンセイが教室《きょうしつ》にやってきた。秋香先生《しゅうかせんせい》といっしょに。

「全員《ぜんいん》、そろってますね」

「先生《せんせい》、なんかひと言《こと》、おなしゃす！」

アオちんが言《い》うと、センセイはちょっとだけ考《かんが》えるように眉《まゆ》をよせると、

「楽譜《がくふ》は音楽《おんがく》を奏《かな》でるための数式《すうしき》です」

と、話《はな》しはじめた。

「みなさんが美《うつく》しいハーモニーを奏《かな》でられるのは、その数式《すうしき》を頭《あたま》にたたきこんだから……」

「先生《せんせい》、ホント数学《すうがく》好《す》きすぎぃ」

アオちんのツッコミにクラスのみんなが笑《わら》う。

だけどあたしは、笑《わら》えない。


「次《つぎ》は二年《ねん》B《ビー》組《ぐみ》の発表《はっぴょう》です。曲《きょく》は『Over《オーバー》 Drive《ドライブ》』」

アナウンスが流《なが》れ、指揮台《しきだい》にセンセイが立《た》つ。

あたしはセンセイを見《み》つめた。
整列《せいれつ》するあたしたちと、センセイの距離《きょり》は二メートルちょっと。
この距離《きょり》でも遠《とお》いって思《おも》うのに……。
『フランスにつれて帰《かえ》る』
いやだ、そんな遠《とお》くにいっちゃやだ。センセイに会《あ》えなくなるなんて……！
『つれて帰《かえ》る。……彼《かれ》にふさわしい場所《ばしょ》に』
センセイにふさわしい場所《ばしょ》……。センセイがいきたい場所《ばしょ》……？
『Ｏｖｅｒ Ｄｒｉｖｅ《オーバードライブ》』の前奏《ぜんそう》がはじまる。
夏《なつ》の空気《くうき》をかけぬけるような曲《きょく》が、センセイとの記憶《きおく》を思《おも》いおこさせた。
はじめて会《あ》った牛丼屋《ぎゅうどんや》。
池《いけ》に落《お》ちたあたしに三段論法《だんろんぽう》をつきつけてきたこともあった。
雨《あめ》のなかをいっしょに走《はし》って、好《す》きになった。
いっしょに楽譜《がくふ》をさがしにいったりもした……。
（……いっぱいあるのに、なんで？）

歌《うた》いながら、涙《なみだ》があふれそうになるのを必死《ひっし》にこらえた。
大切《たいせつ》なセンセイとのエピソードには、気《き》づけばいつも数学《すうがく》がいっしょだった。
数学《すうがく》をていねいに教《おし》えてくれたときはやさしかった。
音楽《おんがく》は数学《すうがく》といっしょだって話《はな》すときは楽《たの》しそうだった。
黒板《こくばん》いっぱいの難《むずか》しい数式《すうしき》を解《と》いてる姿《すがた》は生《い》き生《い》きとしてた。
LOVE《ラブ》ノートには何度《なんど》も『センセイが数学《すうがく》を』って書《か》いてた。
(気《き》づいちゃったら、もどれないじゃん……)
涙《なみだ》がこぼれた。
あわててぬぐって、歌《うた》に集中《しゅうちゅう》する。

『愛《いと》しい日々《ひび》も　恋《こい》も　優《やさ》しい歌《うた》も
泡《あわ》のように　消《き》えてくけど
あぁ　今《いま》は　痛《いた》みと　ひきかえに
歌《うた》う　風《かぜ》のように……』

なんでこんな曲《きょく》を選《えら》んじゃったんだろう。
まるでいまのあたしのためのような歌《うた》。
気《き》づかなかった、失恋《しつれん》ソングだったんだ。

歌《うた》が終《お》わり、拍手《はくしゅ》につつまれた直後《ちょくご》。
あたしはいてもたってもいられなくて逃《に》げだした。
でも、逃《に》げるってどこへ？
（センセイのいないところ？）
（センセイにいなくならないでほしいのに？）
ぐるぐる止《と》まらない思考《しこう》も苦《くる》しくて、ぜんぶをふりきるように走《はし》りつづけた。
「あゆは！」
腕《うで》を強《つよ》くつかまれ、倒《たお》れそうになりながら足《あし》を止《と》める。
ふりむけば、そこにいたのは虎竹《こたけ》で。

虎竹《こたけ》がいつになくこわい顔《かお》で言《い》った。

「また、あいつになにかされたのか？」

「え……？」

「嫌《いや》なんだよ……おまえがあいつのせいで落《お》ちこんだり、泣《な》きそうになってんの見《み》るのは」

「虎竹《こたけ》……」

「けど、このままメソメソ逃《に》げだすおまえを見《み》るのは、もっと嫌《いや》だ！」

虎竹《こたけ》が力強《ちからづよ》くつかんでくる。

「だから、おまえがしたいようにまっすぐ突《つ》き進《すす》めよ！」

（あたしが、したいこと……）

不安《ふあん》になって虎竹《こたけ》を見《み》かえすと、虎竹《こたけ》はまた力強《ちからづよ》く腕《うで》をつかんでくれた。

苦《くる》しくても前《まえ》に進《すす》め、とはげますように。


そうだね、前《まえ》に進《すす》もう。

センセイに恋《こい》する前《まえ》のあたしには、もどれないから。

8 はじめての好《す》き

弘光由貴《ひろみつよしたか》

どんなに好《す》きでも、叶《かな》わない想《おも》いはある。

俺《おれ》にとって——弘光由貴《ひろみつよしたか》にとって数学《すうがく》がまさにそうだった。

なによりも好《す》きで、人生《じんせい》のすべてを捧《ささ》げてもいいと思《おも》っていた。

なのに——。

フランスで学《まな》んでいるうちに気《き》づいてしまった。

自分《じぶん》の能力《のうりょく》の限界《げんかい》に。

どんなに努力《どりょく》しても数学《すうがく》の未知《みち》なる世界《せかい》にまで到達《とうたつ》する力《ちから》が、俺《おれ》にはない。

可能性《かのうせい》ではなく、それが事実《じじつ》だと実感《じっかん》した。足元《あしもと》が音《おと》を立《た》ててくずれていくような、自《じ》分《ぶん》への失望感《しつぼうかん》。

まわりの人間《にんげん》はフィールズ賞《しょう》も夢《ゆめ》ではないと言《い》ってくれたけれど、俺《おれ》にはすべてがうすっぺらな世辞《せじ》に聞《き》こえて、うるさくて。
だから日本《にほん》へ帰《かえ》ってきた。
このまま空《から》っぽのままで、残《のこ》りの人生《じんせい》をすごすのだと思《おも》っていた。

そんなとき、彼女《かのじょ》に出会《であ》った。

叶《かな》わなくても、叶《かな》わなくても、好《す》きになることをあきらめない。
いつだって好《す》きに全力《ぜんりょく》な彼女《かのじょ》が、はじめはひどく滑稽《こっけい》に思《おも》えた。
でも、彼女《かのじょ》が「好《す》き」だと俺《おれ》に全力《ぜんりょく》でぶつかってきたとき、ふしぎとまぶしく思《おも》えた。
空《から》っぽの俺《おれ》が、彼女《かのじょ》といっしょにいると自然《しぜん》と笑《わら》っていた。
彼女《かのじょ》に抱《いだ》く想《おも》いに名前《なまえ》はつかなかった。
その名前《なまえ》を教《おし》えてくれたのは、彼女《かのじょ》に想《おも》いをよせる男子生徒《だんしせいと》からだった。

「やめてもらえます？　あいつで、遊《あそ》ぶの」

合唱用《がっしょうよう》の楽譜《がくふ》を選《えら》びに来《き》た店《みせ》で、彼女《かのじょ》の幼《おさな》なじみの男子生徒《だんしせいと》、澤田虎竹《さわだこたけ》が敵意《てきい》を含《ふく》んだ口調《くちょう》で言《い》った。

「なんの話《はなし》ですか？」

「あゆはですよ」

澤田《さわだ》はちらりと楽譜《がくふ》を選《えら》ぶ彼女《かのじょ》を見《み》やる。

そのまなざしに彼女《かのじょ》への思《おも》いやりと、淡《あわ》い想《おも》いが含《ふく》まれていることは前々《まえまえ》からうすうす気《き》づいていた。

「あいつ……かなりほれっぽいんです。大人《おとな》なんだから、ああいう思《おも》わせぶりなことを言《い》わないでくださいよ」

「大人《おとな》ねぇ……」

「え？」

澤田《さわだ》がいぶかしむように俺《おれ》を見《み》る。

だけどポーカーフェイスを保《たも》ちながら、一番《いちばん》いぶかしんでいたのは、俺《おれ》だった。

（なにを言《い》おうとして――？）

とまどう俺《おれ》の理性《りせい》を置《お》きざりにして、口《くち》は勝手《かって》に動《うご》いた。

「思《おも》ってるより大差《たいさ》ないと思《おも》うよ。俺《おれ》と君《きみ》」

「それって……!?」

「俺《おれ》につっかかる前《まえ》に、自分《じぶん》の気持《きも》ちに正直《しょうじき》になるのが先《さき》でしょって話《はなし》」

「べつに俺《おれ》は！」

澤田《さわだ》はムキになって言《い》いかえして、すぐに恥《は》じるように視線《しせん》をそらした。

そして踵《きびす》をかえすと、怪訝《けげん》そうにこちらを見《み》ていた彼女《かのじょ》に別《わか》れを告《つ》げて店《みせ》を出《で》ていった。

見送《みおく》ったあと、俺《おれ》は猛烈《もうれつ》に恥《は》ずかしくなった。

（ムキになってたのは俺《おれ》のほうじゃないか）

幼《おさな》なじみの男子生徒《だんしせいと》が彼女《かのじょ》のことを当然《とうぜん》のように心配《しんぱい》し、守《まも》ろうとしているのが気《き》にいらなくて、わざと彼《かれ》を挑発《ちょうはつ》するようなことを言《い》ってしまった。

（……いや、気《き》にいらなかっただけじゃない）

『やめてもらえます？　あいつで、遊《あそ》ぶの』

彼《かれ》のその一言《ひとこと》が、ずっと名前《なまえ》のつかなかった感情《かんじょう》を刺激《しげき》して、無意識《むいしき》のうちに反論《はんろん》していたんだ。

いまとなれば、はっきりわかる。名前《なまえ》はつかないと、気《き》づかぬふりをしていた感情《かんじょう》の名《な》は――『好《す》き』。

彼女《かのじょ》が俺《おれ》に与《あた》え、そして取《と》りもどしてくれた感情《かんじょう》。

ねぇ、さまるん。

君《きみ》は俺《おれ》にたくさんのものをくれた。

俺《おれ》は君《きみ》になにをわたせるだろう？

♥

芸術祭《げいじゅつさい》も終《お》わりに近《ちか》づいた夕方《ゆうがた》。

俺《おれ》はさまるんの姿《すがた》をさがして校内《こうない》を歩《ある》いていた。

もうすぐプロジェクション・マッピングがはじまるからか、校内《こうない》に生徒《せいと》の数《かず》は少《すく》ない。

だれもがあの伝説《でんせつ》とやらにのっかるつもりなのだろう。

（となると、さまるんも外《そと》か……？）

頭《あたま》にうかんだのは、「知《し》らないんですか？　うちの学校《がっこう》の伝説《でんせつ》ですよ」と楽《たの》しげに話《はな》す、笑顔《えがお》のさまるん。

けれどすぐに記憶《きおく》のなかの姿《すがた》は、泣《な》き顔《がお》に切《き》りかわる。

合唱《がっしょう》のときに見《み》せた、あの涙《なみだ》。

（なにがあったんだろう）

どうしても気《き》になって、人混《ひとご》みを覚悟《かくご》で校舎《こうしゃ》の外《そと》へ出《で》た。

プロジェクション・マッピングを見《み》るために校庭《こうてい》に集《あつ》まる生徒《せいと》たちを遠巻《とおま》きに見《み》つめ、このなかからたったひとりを見《み》つけるのは無理《むり》だと思《おも》ったとき、ぽんぽんと肩《かた》をたたかれた。

「さ……！」

「すごい盛《も》りあがりだね」

ふりむくと、立《た》っていたのは秋香《しゅうか》だった。

秋香《しゅうか》はにこりとほほえむと、校舎《こうしゃ》のほうを指《ゆび》さす。

「知《し》ってる？　後夜祭《こうやさい》の伝説《でんせつ》ってのがあるんだって」

秋香《しゅうか》につられるように校舎《こうしゃ》を見《み》やったとき、まばゆい光《ひかり》が校舎《こうしゃ》を照《て》らし、あざやかな映《えい》像《ぞう》をうかびあがらせた。

歓声《かんせい》があがるなか、校舎《こうしゃ》を照《て》らす映像《えいぞう》は音楽《おんがく》にあわせてかわっていく。

（さまるんなら、はしゃぎそうな出来《でき》だな）

思《おも》わず見《み》いりそうになるのをふりきって、歩《ある》きだそうとすると、

「ユキちゃん」

秋香《しゅうか》が俺《おれ》の手《て》をつかんで、ひきとめた。

「ごめん、後《あと》でいいかな」

「ダメ」

秋香《しゅうか》が、つかむ手《て》に少《すこ》しだけ力《ちから》をこめてきた。

かすかなおどろきとともに見《み》つめかえすと、秋香《しゅうか》の目《め》が彼女《かのじょ》の気持《きも》ちを語《かた》っていた。

「ねぇ、逃《に》げないで。私《わたし》を見《み》てよ」


逃《に》げてきた。

夢《ゆめ》から。フランスから。この想《おも》いから。

その負《お》い目《め》が俺《おれ》をむなしくしてきた。

だけど、そんな俺《おれ》じゃ、いつだって好《す》きに全力《ぜんりょく》のあの娘《こ》のとなりに立《た》てない——。


「……逃《に》げちゃ、ダメなんだ」

秋香《しゅうか》がなにかを期待《きたい》するような顔《かお》で俺《おれ》を見《み》あげている。

ごめん、秋香《しゅうか》。君《きみ》の気持《きも》ちにはこたえられない。

俺《おれ》はそっと秋香《しゅうか》の手《て》をふりほどくと言《い》った。

「目《め》がはなせないやつがいるんだ」

「っ!?　それって……」

「この気持《きも》ちに、むきあうって決《き》めたんだ」

秋香《しゅうか》の瞳《ひとみ》がゆれる。だけど、それは一瞬《いっしゅん》のことで。

彼女《かのじょ》は一度《いちど》ゆっくりとまばたきをすると「そっか」とさびしげにつぶやき、

「さっき、数学準備室《すうがくじゅんびしつ》にはいっていくのを見《み》たわ」

「……ありがとう」

それから、ごめん。

俺《おれ》は秋香《しゅうか》を残《のこ》して数学準備室《すうがくじゅんびしつ》へといそいだ。


数学準備室《すうがくじゅんびしつ》の扉《とびら》をひらくと、さまるんは窓辺《まどべ》に立《た》って校庭《こうてい》を見《み》おろしていた。

プロジェクション・マッピングのライトが彼女《かのじょ》のシルエットを切《き》りぬいていてきれいだ。

(きれいだ、なんて……俺《おれ》もそうとう重症《じゅうしょう》だ)

だけど、嫌《いや》な気《き》はしない。

俺《おれ》がはいってきたのは音《おと》で気《き》づいただろうに、さまるんはふりむこうとはしなかった。

そのことに少《すこ》し違和感《いわかん》を覚《おぼ》えながら、声《こえ》をかける。

「なにしてるの、そんなところで」

さまるんがゆっくりとふりむく。

心配《しんぱい》していたけど、もう泣《な》き顔《がお》ではなかった。

でも、不思議《ふしぎ》といつになく落《お》ち着《つ》いた表情《ひょうじょう》をうかべている。

「じつは計画《けいかく》してたんです、ここにセンセイを呼《よ》びだせばふたりっきりで見《み》られるかなって」

「俺《おれ》、呼《よ》びだされてないけど？」

「……状況《じょうきょう》がかわりまして」

えへへ……とさまるんは小《ちい》さく笑《わら》う。

「……あのさ、さまるん」

意《い》を決《けっ》して一歩《いっぽ》、彼女《かのじょ》に近《ちか》づく。

「おとせるならおとしてみろよ、って言《い》ったけどさ……自分《じぶん》でも信《しん》じられないんだけど、俺《おれ》……」

「センセイ、大好《だいす》き」

突然《とつぜん》の告白《こくはく》に、思《おも》わず息《いき》をのむ。

何度《なんど》となく聞《き》いてきたフレーズなのに、自分《じぶん》の気持《きも》ちを受《う》けいれたいまでは——。

「……いま、俺《おれ》がしゃべってるんですけど」

うれしさと恥《は》ずかしさが混《ま》ざりあったむずがゆい思《おも》いをかくそうとして、少《すこ》しだけ責《せ》めるような口調《くちょう》になってしまった。

けれど、さまるんは気《き》にする様子《ようす》もなく、にこっと笑《わら》った。

「生《う》まれてはじめて、人《ひと》を好《す》きになるって素敵《すてき》だと思《おも》いました！」

「俺《おれ》の話《はなし》、聞《き》いてる？」

「けどあたし、もう終《お》わりにします」

ひときわ強《つよ》いライトがさまるんを照《て》らし、歓声《かんせい》とともに夕闇《ゆうやみ》がもどってくる。

後夜祭《こうやさい》が終《お》わったのだ。

でも、さまるんが終《お》わりにすると言《い》っているのは、もっとべつのことで……。

「ちょっと数学的《すうがくてき》に考《かんが》えてみたんです」

さまるんは笑顔《えがお》のまま言《い》った。

俺《おれ》は彼女《かのじょ》の意図《いと》がわからず、耳《みみ》をかたむけるほかない。

「あたしは、楽《たの》しい恋愛《れんあい》がしたい。センセイとつきあってもきっとガマンばかり。つまりセンセイとはつきあえない……ほら、三段論法成立《だんろんぽうせいりつ》です」

「なに、言《い》ってるの」

「センセイは音楽《おんがく》が好《す》き。秋香先生《しゅうかせんせい》も音楽《おんがく》が好《す》き。つまりふたりはお似合《にあ》い……ほら、また成立《せいりつ》！」

「またその話《はなし》ぶりかえす？」

秋香《しゅうか》のことを蒸《む》しかえされ、いらだちがわく。

いや、ちがう。

さまるんの言《い》わんとしていることが、とても――受《う》けいれがたくて。

「大人《おとな》と子《こ》どもは恋愛《れんあい》できない、センセイは大人《おとな》、あたしは子《こ》ども。つまり恋愛《れんあい》できない！　あれ？　これじゃ四段《だん》か！」

あたしってやっぱバカだなーとおおげさに笑《わら》う。

その笑顔《えがお》はまるで、俺《おれ》とさまるんに越《こ》えることのできない線引《せんび》きをするようだった。

「さまるん」

「なんか冷《さ》めちゃったんです」

「え？」

「センセイが夢《ゆめ》から、途中《とちゅう》で逃《に》げだすような人《ひと》だって知《し》って」

胸《むね》をさす言葉《ことば》だった。

なにも言《い》えない俺《おれ》にさまるんはやはり笑顔《えがお》で、

「ぶっちゃけるとセンセイ、先生《せんせい》にむいてないと思《おも》います！　フランスに帰《かえ》るべきです！」

「……」

「いままでしつこくして、すみませんでした」

さまるんは深々《ふかぶか》と一礼《いちれい》して、部屋《へや》を出《で》ていく。

とっさに呼《よ》びとめようとしたけれど、俺《おれ》に背《せ》をむける一瞬《いっしゅん》、彼女《かのじょ》の苦《くる》しそうな横顔《よこがお》を見《み》てしまったら。

なにも言《い》えなかった。

♥

どれくらいそうしていたのだろう。

数学準備室《すうがくじゅんびしつ》の椅子《いす》に腰《こし》かけたまま、じっとしていた。

頭《あたま》のなかではさまるんとのやりとりが何度《なんど》もリピートされている。

（一番《いちばん》の原因《げんいん》は……覚悟《かくご》を決《き》めるのが遅《おそ》かったことか）

何度《なんど》もつきはなしたことや、秋香《しゅうか》のことで不安《ふあん》にさせたことが、彼女《かのじょ》の気持《きも》ちをかえさせたのだろう。

そう、結論《けつろん》づけようとすると。

（ちがう。さまるんはそれぐらいのことで気持《きも》ちをかえる人間《にんげん》じゃない）

彼女《かのじょ》の全力《ぜんりょく》をずっと見《み》てきたのだ。

それぐらいで意志《いし》をかえるやつじゃない。

じゃあ、なにが彼女《かのじょ》にあんなことを言《い》わせたのだろう。

仮説《かせつ》と反証《はんしょう》をくりかえす思考《しこう》のうずにとらわれていると、数学準備室《すうがくじゅんびしつ》のドアが乱暴《らんぼう》にあけられる音《おと》がした。

まさか……と思《おも》って立《た》ちあがると、はいってきたのは澤田《さわだ》だった。

ずかずかとはいってきた彼《かれ》は、いきなりなにかを投《な》げつけてきた。

とっさにキャッチすると、それは見覚《みおぼ》えのあるノートだった。

(これ、さまるんのLOVE《ラブ》ノート……)

どうして彼《かれ》が……と不思議《ふしぎ》に思《おも》って視線《しせん》をむけると、彼《かれ》はきつくにらんで言《い》った。

「これ以上《いじょう》、あゆはを苦《くる》しめるならいなくなってくれよ」

——苦《くる》しめる。

なにも言《い》えずにいると、彼《かれ》は踵《きびす》をかえし部屋《へや》を出《で》ていった。

残《のこ》されたのは俺《おれ》とさまるんのノート。

大事《だいじ》にしていたノートを、どうして彼《かれ》が？

不思議《ふしぎ》に思《おも》ってパラパラとノートをめくる。
最後《さいご》のページの書《か》きこみを見《み》たとき、なぞは解《と》けた。
泣《な》きながら書《か》いたのか、そのページは涙《なみだ》の染《し》みで、いたるところがでこぼこしていた。
そんなページの中央《ちゅうおう》に書《か》かれていたのは。
さまるんの精一杯《せいいっぱい》の三段論法《だんろんぽう》。

『センセイに幸《しあわ》せでいてほしい
←センセイは数学《すうがく》をしている時《とき》、幸《しあわ》せそう
←センセイはフランスにもどれば幸《しあわ》せ』

胸《むね》がしめつけられた。
彼女《かのじょ》の決意《けつい》がせつなくて。

ページに残《のこ》された涙《なみだ》の跡《あと》をそっとなでた。
かさかさとした指《ゆび》ざわりは、彼女《かのじょ》の泣《な》き顔《がお》を思《おも》いださせた。
彼女《かのじょ》の想《おも》いがつまったノートを閉《と》じる。
前《まえ》に進《すす》むために。

さまるん。
俺《おれ》は前《まえ》に進《すす》むよ。
今度《こんど》こそ逃《に》げださずに。

これが君《きみ》におくる俺《おれ》の『好《す》き』なんだ。

9 バイバイ

芸術祭《げいじゅつさい》の翌日《よくじつ》、センセイは学校《がっこう》をやめた。

あとをおうように、秋香先生《しゅうかせんせい》も二週間《しゅうかん》の臨時講師《りんじこうし》を終《お》えて退職《たいしょく》。

クラスでは「目《め》の保養《ほよう》がなくなってさびしいねー」なんていう声《こえ》も聞《き》かれた。

そんなあたしたちの教室《きょうしつ》には、芸術祭《げいじゅつさい》の合唱《がっしょう》コンクールで準優勝《じゅんゆうしょう》したトロフィーがかざられている。

まさかうちのクラスが準優勝《じゅんゆうしょう》するなんて、夢《ゆめ》みたい。

(なんだか、ぜんぶが夢《ゆめ》みたい……)

センセイがいたことも。

あんなにドキドキした毎日《まいにち》をすごしたことも。

「ぜんぶ夢《ゆめ》だったら、忘《わす》れられるかな……」

トロフィーをながめながら、ぼんやりとつぶやいたとき、ふわりと頭《あたま》をなでられた。

おどろいてふりむくと、そこにはすごく真面目《まじめ》な顔《かお》をしたアオちんが立《た》っていた。

「アオちん？」

「さまるんはかわいい！」

「なにそれ」

「さまるんはいい女《おんな》だ！」

アオちんは真面目《まじめ》な顔《かお》で、ぎゅっと両手《りょうて》であたしの手《て》をつつんでくれた。

あたしをはげますようにと力《ちから》をこめてくる。

その力強《ちからづよ》さに、思《おも》わずほほえむとアオちんも笑《わら》ってくれた。

窓《まど》の外《そと》を飛行機雲《ひこうきぐも》が流《なが》れていく。

もしかしてセンセイがのった飛行機《ひこうき》かな。

バイバイ、センセイ。

今度《こんど》こそ、しあわせになってね。

あたしもセンセイを好《す》きになれてしあわせだったよ。

10 そして、一年《ねん》半《はん》後《ご》

空《そら》が青《あお》く澄《す》んだ日《ひ》が、卒業式《そつぎょうしき》だった。

じっさいに卒業証書《そつぎょうしょうしょ》を受《う》けとると泣《な》いたりしちゃうのかなって思《おも》ったけれど、とくにそんなこともなくて、みんなはいつもどおりだった。

むしろ話題《わだい》はべつのところにあった。

「ねぇ、朝《あさ》のニュース見《み》た？」

「見《み》た見《み》た！　弘光先生《ひろみつせんせい》が数学《すうがく》の賞《しょう》を受賞《じゅしょう》したってヤツ！」

「すごいよねー！　まさか先生《せんせい》やめてフランスで数学勉強《すうがくべんきょう》してるなんて思《おも》わなかったよー」

卒業式《そつぎょうしき》を終《お》え、教室《きょうしつ》へとむかう廊下《ろうか》で詩乃《しの》と夏穂《かほ》がはしゃいで話《はな》すのが聞《き》こえた。

「ねぇ、さまるんは知《し》ってた？」

「え？」

とつぜん、詩乃《しの》にふられ、ちょっと言葉《ことば》につまる。

すると先《さき》を歩《ある》いていたアオちんが「おやおや〜」と声《こえ》をあげた。

「虎竹《こたけ》ちゃん、みごとに第二《だいに》ボタンが残《のこ》ってまちゅねぇ」

「うっせぇ！」

アオちんがとなりを歩《ある》く虎竹《こたけ》の第二《だいに》ボタンをちょんちょんとつつくと、虎竹《こたけ》はムキになって反論《はんろん》し、ボタンを手《て》でかくす。

それが聞《き》こえたらしく（たぶんアオちんはわざと聞《き》かせるつもりで言《い》ったんだろうけど）、詩乃《しの》は虎竹《こたけ》に顔《かお》をむける。

「だってそれは、さまるんのでしょ？」

「え？」

あたしと虎竹《こたけ》が同時《どうじ》に目《め》を丸《まる》くする。

すると、今度《こんど》は夏穂《かほ》が「ほら、息《いき》ぴったり」と話《はなし》にはいってきた。

「ふたりはつきあってるんじゃないの？」

「や、あたしたちはそんな……」

「俺《おれ》はとっくにフラれてるから」

え!? 虎竹《こたけ》が、あ、あたしに!?

言葉《ことば》をなくして立《た》ちどまると、虎竹《こたけ》も立《た》ちどまった。

「むしろ知《し》らなかったのかよ～」

と言《い》いながら、アオちんは詩乃《しの》と夏穂《かほ》とともに先《さき》に行《い》き、ほかのクラスメイトたちもぞろぞろとあたしたちを抜《ぬ》きさっていく。

最後《さいご》に廊下《ろうか》に残《のこ》されたのは、あたしと虎竹《こたけ》だけ。

「虎竹《こたけ》、あのさっきのって……」

「だってはいりこむ余地《よち》ねぇじゃん」

虎竹《こたけ》が苦笑《くしょう》するようにはにかんだ。

「あゆはのなか、いまもあのムカつくおっさんでいっぱいで」

「虎竹《こたけ》……」

「俺《おれ》ならぜったい悲《かな》しませせないって思《おも》ってた。けど……いまの俺《おれ》じゃ、そんな想《おも》ってもらえる自信《じしん》ないわ」

ニッと笑《わら》う虎竹《こたけ》に、あたしは胸《むね》が苦《くる》しくなった。

ずっと幼《おさな》なじみのよしみであたしのこと心配《しんぱい》してくれてるんだと思《おも》ってた。

でも、あたしがセンセイへの片想《かたおも》いで苦《くる》しんでるとき、虎竹《こたけ》も同《おな》じぐらいつらい思《おも》いをしてたんだね。

「虎竹《こたけ》はいい男《おとこ》だよ！」

「うん、知《し》ってる」

「そこは謙虚《けんきょ》にしとこうよ!?」

思《おも》わずツッコむと、虎竹《こたけ》はあははと声《こえ》に出《だ》して笑《わら》った。

その明《あか》るい笑顔《えがお》を見《み》てたら、これからもずっと仲《なか》のいい幼《おさな》なじみでいられる気《き》がした。

♥

実感《じっかん》わかないって思《おも》ってたけど、さすがに下校時刻《げこうじこく》がせまってくると、ちょっとずつさびしさがわいてきた。

教室《きょうしつ》に残《のこ》ってるのは、あたしだけ。

虎竹《こたけ》は友《とも》だちと、アオちんは彼氏《かれし》さんと待《ま》ち合《あ》わせがあるらしく、先《さき》に帰《かえ》ってしまった。

(やっぱひとりだと、わりとクるかも……)

じゃあ、どうしてひとりで学校《がっこう》に残《のこ》ってるのかって？

それはここが、センセイとの思《おも》い出《で》の場所《ばしょ》だから、かな。

センセイが立《た》っていた教壇《きょうだん》、音楽室《おんがくしつ》、数学準備室《すうがくじゅんびしつ》……。

卒業《そつぎょう》してしまえば、もう見《み》ることはできない。

(センセイとの思《おも》い出《で》がどんどんはなれていくみたいで、やっぱりさびしいよ)

そっと髪《かみ》にふれる。

センセイが学校《がっこう》をやめたあと、あたしは髪《かみ》を切《き》った。

それまで肩下《かたした》の長《なが》さだった髪《かみ》を、肩上《かたうえ》のボブカットにしたんだ。

けじめ、みたいなつもりだったんだけど、虎竹《こたけ》の言《い》うとおり、思《おも》いはとぎれなかった。

でもだからといって、いつまでも未練《みれん》っぽく学校《がっこう》に残《のこ》っているわけにはいかないよね。

荷物《にもつ》をとって帰《かえ》ろうと、自分《じぶん》のロッカーをあける。

目《め》を、うたがった。

ロッカーに、LOVE《ラブ》ノートがはいってる。

「なんで……」

だってLOVE《ラブ》ノートはあの芸術祭《げいじゅつさい》の日《ひ》に捨《す》てたはず。

センセイにさよならをして、泣《な》きながら焼却炉《しょうきゃくろ》にいれようとしたけど、いれられなくて、
虎竹《こたけ》が「かわりに捨《す》てといてやるから」って言《い》ってたのに……。

(いまノートを見《み》たら、おさえてた気持《きも》ちが爆発《ばくはつ》して、センセイに会《あ》いたくなっちゃう！)

頭《あたま》ではわかってるのに、体《からだ》は勝手《かって》に動《うご》いてノートをロッカーから取《と》りだした。

最初《さいしょ》のページをひらく。


『運命《うんめい》の人《ひと》　↓センセイ』

あたしの文字《もじ》だ。センセイと再会《さいかい》したときに思《おも》わず書《か》きこんだんだっけ。

なつかしいなぁ……と目《め》を細《ほそ》めて、気《き》づく。
ページにはあたしの文字《もじ》以外《いがい》に、べつの文字《もじ》がある。

『**運命《うんめい》の人《ひと》　↓センセイ**』
→運命《うんめい》の出会《であ》いだったよ

見覚《みおぼ》えのある文字《もじ》に、あたしは夢中《むちゅう》になってノートのページをめくった。
左上《ひだりあ》がりの読《よ》みやすい文字《もじ》。まるで添削《てんさく》するように赤《あか》いペンで書《か》かれている。

『**センセイをぎゃふんと言《い》わせたい**』
→何度《なんど》も何度《なんど》もおどろかされた

『**なに言《い》っても論破《ろんぱ》される**』
→何度《なんど》も何度《なんど》もつきはなしてごめん

『センセイを好《す》きにならないための三カ条《じょう》！』
→俺《おれ》も芽生《めば》えかけていた〝好《す》き〟から逃《に》げるのに必死《ひっし》だった

『センセイは数学《すうがく》を語《かた》るのが好《す》き』
→さまるんのおかげで、〝好《す》き〟を取《と》りもどせたんだ

『センセイに幸《しあわ》せでいてほしい
←センセイは数学《すうがく》をしている時《とき》、幸《しあわ》せそう
←センセイはフランスにもどれば幸《しあわ》せ』
→俺《おれ》の幸《しあわ》せは、さまるんだよ

ぬぐってもぬぐっても涙《なみだ》がとまらない。

あたしのメモにひとつひとつ、コメントが書《か》かれている。

忘《わす》れようとしたって忘《わす》れられないセンセイの字《じ》で。

そして最後《さいご》のページに書《か》かれていたのは。

数学準備室《すうがくじゅんびしつ》に来《き》てください

♥

だれもいない校内《こうない》をかけぬけて数学準備室《すうがくじゅんびしつ》にたどりつくと、そこには涼《すず》しい顔《かお》でセンセイが待《ま》っていた。

「卒業《そつぎょう》おめでとう」

「え、あ、ありがとうございます……って、えぇ!?」

なんだか反射的《はんしゃてき》にお礼《れい》を言《い》ってしまったけど、これってどういう状況《じょうきょう》？

「センセイ、なんでここに？　フランスは⁉」

「ちゃんとケリをつけたから」

「へ？」

センセイはくすりと笑《わら》うと、一歩一歩《いっぽいっぽ》、あたしのほうへ近《ちか》づいてくる。

「逃《に》げてたものぜんぶ。さまるんが『自分《じぶん》のせいで俺《おれ》が夢《ゆめ》をあきらめた』なんて思《おも》わないように」

「けど、センセイ」

「〝元《もと》〟ね」

あたしの言葉《ことば》をさえぎって、センセイが言《い》った。

たしかにもう『先生《せんせい》』じゃないよね。

むしろ教授《きょうじゅ》とか、そういう立場《たちば》なのかも……と思《おも》っていたら、

「まぁ、やとってくれるならまた教鞭《きょうべん》とってもいいかな」

「あんなスゴい賞《しょう》とったのに⁉」

センセイがフランスにいったあと、センセイが目指《めざ》してたというフィールズ賞《しょう》について

調《しら》べた。

数学《すうがく》の世界《せかい》で期待《きたい》の新人《しんじん》だけが選《えら》ばれる、ものすごーくむずかしい賞《しょう》で、日本人《にほんじん》でも受《じゅ》賞《しょう》した人《ひと》はわずか数名《すうめい》だって。

なのにまた普通《ふつう》の学校《がっこう》のセンセイをやっちゃうの⁉

おどろきのあまり言葉《ことば》をなくしていると、センセイがくすりと笑《わら》った。

「だって……解《と》けてない問題《もんだい》がここにあるから」

解《と》けてない問題《もんだい》？？

「さまるんっていう超難問《ちょうなんもん》がね。……なんなら、ご希望《きぼう》のあれ、やりますか？」

「え？」

あれ……ってなんのこと？

わからずにぽかんとするあたしに、センセイは苦笑《くしょう》すると、あたしの手《て》を取《と》り、片《かた》ひざをついてひざまずいた。

ま、まさかこれって⁉

「愛《あい》してる。もうはなさない」

センセイがあたしの手《て》の甲《こう》にキスをする。

こここ、これは、あたしがLOVE《ラブ》ノートにかいてたヤツだ!!

と、ととと、ということはこの先《さき》は!?

心臓《しんぞう》がばくばくどころか、**ボンボンボンボンボン**鳴《な》りだす。

センセイはすっごく真面目《まじめ》な顔《かお》で立《た》ちあがり、あたしの腕《うで》をぐっと引《ひ》いた。

よろめいたあたしはセンセイの胸《むね》にすっぽりとおさまり、センセイの腕《うで》が背中《せなか》にまわる。

(だ、抱《だ》きしめられた!?)

のびてきたセンセイの手《て》が、あたしのあごをつかんで上《うえ》をむかせる。

(こ、これは、〝あごクイ〟だ――!?)

念願《ねんがん》のキスがくる!

あわてて目《め》を閉《と》じる。

そろそろ?　きちゃう?　きちゃうの――?

…………。

……………キタ――――!!

んん?

え、これがキス?

ほっぺにぷちゅっときた感触《かんしょく》は、キスにしては予想以上《よそういじょう》にかたい……と思《おも》って目《め》をあけると、ほどよい距離《きょり》に真顔《まがお》のセンセイ。

そして、センセイの指《ゆび》がつまんでいるのは……。

〝たいへんよくできました〟のスタンプ。

「キスは――――っ!?」

ほほをおさえるあたしに、センセイはただにっこりと笑《わら》うだけだった。
いままで見《み》たなかで一番《いちばん》の、うれしそうな笑顔《えがお》で。

（おわり）

この本は、映画『センセイ君主』(二〇一八年八月公開)をもとにノベライズしたものです。また、映画『センセイ君主』は、マーガレットコミックス『センセイ君主』(幸田もも子/集英社)を原作として映画化されました。

集英社みらい文庫

センセイ君主《くんしゅ》

映画《えいが》ノベライズ みらい文庫版《ぶんこばん》

幸田《こうだ》もも子《こ》 原作
平林《ひらばやし》佐和子《さわこ》 著
吉田《よしだ》恵里香《えりか》 脚本

ファンレターのあて先
〒101-8050 東京都千代田区一ツ橋2-5-10 集英社みらい文庫編集部
いただいたお便りは編集部から先生におわたしいたします。

2018年 7月25日 第1刷発行
2018年11月14日 第5刷発行

発行者 北畠輝幸
発行所 株式会社 集英社
〒101-8050 東京都千代田区一ツ橋2-5-10
電話 編集部 03-3230-6246
読者係 03-3230-6080
販売部 03-3230-6393（書店専用）
http://miraibunko.jp
装丁 中島由佳理
印刷 大日本印刷株式会社 凸版印刷株式会社
製本 大日本印刷株式会社

★この作品はフィクションです。実在の人物・団体・事件などにはいっさい関係ありません。

ISBN978-4-08-321454-7 C8293 N.D.C.913 188P 18cm

センセイ君主《くんしゅ》
幸田《こうだ》もも子《こ》
マーガレットコミックス 全《ぜん》13巻《かん》
大《だい》好《こう》評《ひょう》発《はつ》売《ばい》中《ちゅう》!!
デジタル版《ばん》は『センセイ君主《くんしゅ》（マーガレットコミックスDIGITAL《デジタル》）』全《ぜん》13巻《かん》

映画《えいが》『センセイ君主《くんしゅ》』の
原作《げんさく》となった
大人気《だいにんき》コミック!!
女子高生《じょしこうせい》のあゆはと
弘光《ひろみつ》センセイの
恋《こい》は実《みの》るのか!?
あたしが絶対《ぜったい》
弘光先生《ひろみつせんせい》をそういう想《おも》いにさせてあげます
ふ──ん
まったくそそられないけど
そこまで言《い》うならいいよ
俺《おれ》をおとしてみなよ
おちないから

「みらい文庫《ぶんこ》」読者《どくしゃ》のみなさんへ

言葉《ことば》を学《まな》ぶ、感性《かんせい》を磨《みが》く、創造力《そうぞうりょく》を育《はぐく》む……、読書《どくしょ》は「人間力《にんげんりょく》」を高《たか》めるために欠《か》かせません。
たった一枚《いちまい》のページをめくる向《む》こう側《がわ》に、未知《みち》の世界《せかい》、ドキドキのみらいが無限《むげん》に広《ひろ》がっている。
これこそが「本《ほん》」だけが持《も》っているパワーです。

学校《がっこう》の朝《あさ》の読書《どくしょ》に、休《やす》み時間《じかん》に、放課後《ほうかご》に……。いつでも、どこでも、すぐに続《つづ》きを読《よ》みたくなるような、魅力《みりょく》に溢《あふ》れる本《ほん》をたくさん揃《そろ》えていきたい。読書《どくしょ》がくれる、心《こころ》がきらきらしたり胸《むね》がきゅんとする瞬間《しゅんかん》を体験《たいけん》してほしい、楽《たの》しんでほしい。みらいの日本《にほん》、そして世界《せかい》を担《にな》うみなさんが、やがて大人《おとな》になった時《とき》、「読書《どくしょ》の魅力《みりょく》を初《はじ》めて知《し》った本《ほん》」「自分《じぶん》のおこづかいで初《はじ》めて買《か》った一冊《いっさつ》」と思《おも》い出《だ》してくれるような作品《さくひん》を一所懸命《いっしょけんめい》、大切《たいせつ》に創《つく》っていきたい。

そんないっぱいの想《おも》いを込《こ》めながら、作家《さっか》の先生方《せんせいがた》と一緒《いっしょ》に、私《わたし》たちは素敵《すてき》な本作《ほんづく》りを続《つづ》けていきます。「みらい文庫《ぶんこ》」は、無限《むげん》の宇宙《うちゅう》に浮《う》かぶ星《ほし》のように、夢《ゆめ》をたたえ輝《かがや》きながら、次々《つぎつぎ》と新《あたら》しく生《う》まれ続《つづ》けます。

本《ほん》を持《も》つ、その手《て》の中《なか》に、ドキドキするみらい――。

本《ほん》の宇宙《うちゅう》から、自分《じぶん》だけの健《すこ》やかな空想力《くうそうりょく》を育《そだ》て、〝みらいの星《ほし》〟をたくさん見《み》つけてください。

そして、大切《たいせつ》なこと、大切《たいせつ》な人《ひと》をきちんと守《まも》る、強《つよ》くて、やさしい大人《おとな》になってくれることを心《こころ》から願《ねが》っています。

2011年《ねん》　春《はる》

集英社《しゅうえいしゃ》みらい文庫《ぶんこ》編集部《へんしゅうぶ》